August von Kotzebue

Die Korsen

Ein Schauspiel in vier Akten

August von Kotzebue

Die Korsen
Ein Schauspiel in vier Akten

ISBN/EAN: 9783743643987

Hergestellt in Europa, USA, Kanada, Australien, Japan

Cover: Foto ©Andreas Hilbeck / pixelio.de

Weitere Bücher finden Sie auf **www.hansebooks.com**

Die Corsen.

Ein
Schauspiel in vier Acten.

Von

August von Kotzebue.

Personen.

Der Graf * *, ein Ungarischer Magnat.

Franz, sein Sohn, Rittmeister in kaiserlichen Diensten.

Natalie, seine Tochter.

Ottilie, die Gemahlinn des Grafen Franz.

Wacker, des Grafen Verwalter.

Felix, sein Sohn.

Röschen, des Gärtners Tochter.

Bediente.

Die Scene ist in Ungarn, auf dem Gute des Grafen. Das Stück spielt in der ersten Hälfte dieses Jahrhunderts.

Erster Act.

Ein Saal im gothischen Geschmack, mit großen Familiengemählden behangen.

Erste Scene.

Ottilie allein.

(Sie strickt einen Kinderstrumpf, und steht vor dem Bilde eines jungen Officiers, welches sie wehmüthig betrachtet.)

Du siehst mich so freundlich an — lebst du noch mein Franz? — (Sie seufzt, trocknet sich die Augen und strickt. Dazwischen läßt sie die Hände in den Schooß sinken, und schaut wieder hinauf nach dem Bilde) Das ist der Blick, der dir mein Herz gewann — so heiter lächeltest du am Morgen unsers Hochzeittages — so wirst du lächeln, wenn du zurückkehrst — (schwermüthig) wirst du zurückkehren? — ach! —

(Ein Bediente geht ab und zu, deckt den Theetisch, bringt Frühstück u. s. w.)

Ottilie. Johann!
Bediente. Gnädige Gräfinn.

Ottilie. Haſt du dieſe Nacht auch ſchießen gehört?

Bediente. Nein. (Pauſe. Der Bediente ſetzt ſeine Taſſen in Ordnung.)

Ottilie. Haſt du wirklich gar nichts gehört?

Bediente. Gar nichts.

Ottilie. Ich meine in der Entfernung — an der Donau — gleich nach Mitternacht — es war eine ſtarke Kanonade.

Bediente. Kann wohl ſeyn. Wenn ich ſchlafe, ſo können ſie mir die Kanonen vor den Ohren losbrennen, ich höre es nicht. (Er geht ab.)

Ottilie. Alles ſchlief! — nur in meiner einſamen Kammer war die Liebe wach — nur mich verfolgte überall dieſer ferne Donner.

Zweyte Scene.

Natalie und Ottilie.

Natalie. Guten Morgen, Schweſterchen. Haben die Lerchen dich geweckt? oder du die Lerchen?

Ottilie. Ach liebe Natalie! haſt du auch nichts gehört?

Natalie. Was denn?

Ottilie. Das Schießen bis gegen Morgen?

Natalie. Wo?

Ottilie. Weiß ich das? an der Donau hinab, oder jenſeits der Donau, Schuß auf Schuß.

Natalie. Nun?

Ottilie. Franz ist dein Bruder, und du fragst noch?

Natalie. Ist das Schießen denn hier zu Lande etwas Neues. Unser Frühling wird schon längst nicht mehr vom Guckguck verkündigt; die Kanonen sind unsre Frühlingsbothen.

Ottilie. Gewiß war Franz dabey!

Natalie. Leicht möglich. Dann hat er sich wieder brav gehalten, eingehauen; Prinz Eugen hat ihm zugesehn, ihn bewundert, avancirt —

Ottilie. Und wenn sein Muth ihn zu weit führte — wenn er todt ist —

Natalie. Possen! Frage nur unsern alten Tafeldecker: so oft aus unserm hochgräflichen Hause jemand stirbt, so fällt die Nacht vorher sein Bild von der Wand. Nun siehst du wohl, Bruder Franz hängt noch hier.

Ottilie. Nimm mirs nicht übel, Schwester, dein Scherz ist unzeitig.

Natalie. So wie deine Seufzer. Doch von etwas anderm. Ist Röschen —

Ottilie. Wär' er auch nur verwundet oder gefangen.

Natalie. Gefangen nehmen läßt er sich nicht. Nur Ottilie konnte dem Hitzkopf Fesseln anlegen. Jetzt sage mir, ist Röschen schon hier gewesen?

Ottilie. Ich habe eine fürchterliche Nacht durchwacht. Jeder Schuß traf mein Herz. Ich hüllte mich in die Betten, da sauste es mir vor den Ohren; wenn ich die Augen schloß, sah ich Säbel blitzen. Ich sprang auf, und öffnete das Fenster nach dem Garten. Die Nachtigall wollte ich behorchen — da donnerte es wieder, und ich fuhr bebend zusammen! — Ach! dieser Schuß stürzte vielleicht meinen Franz zu Boden!

Natalie. Hoffnung und Furcht sind beyde zügellos in der schwachen Hand der Liebe.

Ottilie. Mein Knabe schlummerte so süß. Die Angst machte mich hartherzig und trieb mich, ihn zu wecken. Es sollte doch irgend ein Geschöpf um mich wach seyn. Ich nahm ihn auf und schüttelte ihn, ich meinte, er sollte schreyen. Gott werde sein Geschrey hören, und den Vater schützen! aber der kleine Bube war so schläfrig, immer fielen ihm die Augen wieder zu.

Natalie. Armes Kind!

Ottilie. Arme Mutter!

Natalie. Quäle dich nicht vor der Zeit. Ist etwas vorgefallen, so erfahren wir es noch heute. Jetzt antworte mir —

Ottilie. Laß uns nach dem Frühstück hinab gehn auf die Landstraße. Vielleicht begegnet uns ein Bothe, oder ein Flüchtling —

Natalie. Ja doch, ja. Ist Röschen noch nicht hier gewesen?

Ottilie. Nein.

Natalie. Weißt du auch, daß der junge Wacker gestern zum ersten Mahle das Zimmer verlassen?

Ottilie (ohne Theilnahme.) So?

Natalie. Er hat vor der Thür geseſſen.

Ottilie. So?

Natalie. Heute, hat er gemeint, werde er wohl wieder ausgehen können.

Ottilie. So?

Natalie. So! ſo! was das für ein So iſt.

Ottilie. Vergib mir Schweſter, ich habe heute nur e i n e n Gedanken.

Natalie. Retter meines Lebens! du biſt der Gefahr entriſſen! Gott ſey Dank! er iſt geſund. Arme Natalie! welche Belohnung darfſt du dem großmüthigen Jüngling biethen!

Ottilie. Ich denke, dein Vater wird ihn wohl verſorgen.

Natalie. Was nennſt du v e r ſ o r g e n? ihn an ein Amt ſchmieden? — ihm irgend einen elenden Schreiberdienſt verſchaffen? daß er todte Buchſtaben mahle, und ſeinen hohen Geiſt in die vier Species der Rechenkunſt einkerkere?

Ottilie (lächelnd.) Seinen h o h e n Geiſt?

Natalie (empfindlich.) Ja! ja! ſeinen h oh e n Geiſt. Liebe Ottilie, ärgere mich nicht. Du biſt gerade wie mein Vater, der bleibt auch immer ſo kalt, wenn von der Belohnung eines Menſchen die Rede iſt, der ſich in einen gewiſſen Tod ſtürzte, um das Leben ſeiner einzigen Tochter zu retten.

Ottilie. Er wagte freylich viel.

Natalie (mit Feuer.) O Schwester! wenn du gesehen hätteſt, wie die ſechs Neapolitaner Reißaus mit mir nahmen — wie der Kutſcher herabgeworfen, und der Vorreiter geſchleift wurde — wie ſie ſchnaubend den Bergrücken hinan über Stock und Stein ſetzten, und immer näher und näher dem ſteilen Donau=Ufer zurannten — wahrlich! Ottilie, es war um mich geſchehn, wenn dieſer muthige Jüngling mein hülfloſes Geſchrey nicht hörte. Ha! noch ſehe ich ihn, wie er aus dem Buſche ſtürzte, ſein Buch von ſich ſchleuderte, ſich mitten unter die wilden Hengſte warf, und mit beyden Händen in die Strenge klammerte. So ſchleppten ſie ihn über Wurzeln und Felſen, und er ließ nicht los. In Strömen ſah ich ſein Blut fließen — die Sinne vergingen mir — ich ward ohnmächtig — aber er ließ nicht los. — Als ich erwachte, ſtanden die Pferde am Rande eines Abgrundes, leblos lag er unter ihnen, und hatte das Gebiß des Sattelgauls krampfhaft gefaßt. Mit Angſtgeſchrey ſprang ich aus dem Wagen. Ich war ganz allein. Ich wollte ihn hervorziehen — ſeine Hände frey machen — aber er war halb todt und ließ nicht los! — Endlich kamen Leute Man trug ihn nach Hauſe. Fünf Wunden hatte er am Kopfe, einen Fuß zerquetſcht, die Hände geſchunden — eine ganze Woche lang war ſein Leben in Gefahr —

Ottilie (lächelnd.) Ja, ja, du haſt mir alles das ſchon oft erzählt.

Natalie (ärgerlich.) Und immer ohne Wirkung auf dein Herz.

Ottilie. Wer ſagt dir das?

Natalie. Dein Lächeln, deine Kälte.

Ottilie. Du irreſt. Ich habe ſogar ſchon eine Belohnung für deinen jungen Ritter ausgegrübelt.

Natalie (ſpöttiſch.) Wirklich? laß doch hören?

Ottilie. Sein Vater iſt alt; man ſetzt ihn in Ruhe, mache den Sohn zum Verwalter auf euern Gütern —

Natalie. Ein großes Glück!

Ottilie. Und gibt ihm Röschen zur Frau.

Natalie (mit Lebhaftigkeit.) Röschen? wie? des Gärtners Tochter?

Ottilie. Ja, ja, des Gärtners Tochter.

Natalie (ärgerlich.) Du biſt nicht wohl geſcheidt.

Ottilie. Der Gärtner und der Verwalter ſind doch ſo weit nicht auseinander.

Natalie. Röschen iſt ein Kind.

Ottilie. Vierzehn Jahre und ſieben Wochen.

Natalie. Ohne alle Bildung.

Ottilie. Aber hübſch und wirthſchaftlich.

Natalie. Iſt das genug für einen Mann wie Wacker?

Ottilie. Kennſt du ihn ſo genau?

Natalie. Wenigſtens genauer als du.

Ottilie. Das will nicht viel sagen, denn ich kenne ihn gar nicht.

Natalie. Eben darum. Wärst du länger als vier Wochen im Hause; wäreß du schon vor jener Begebenheit hier gewesen; so würdest du ihn oft im Park, und nie ohne Buch getroffen haben.

Ottilie. Was liest er denn?

Natalie. Das weiß ich nicht. Genug, er liest, und Röschen buchstabiert kaum.

Ottilie. Ist ihm daran gelegen, so wird er sie schon lesen lehren.

Natalie. Nein! nein! sage ich dir, es ist ihm nichts daran gelegen.

Ottilie. Aber sie besucht ihn doch täglich?

Natalie. Weil ich sie hinschicke; weil ich doch wissen muß, ob es ihm an nichts fehlt.

Ottilie. Aber bey der Gelegenheit —

Natalie. Es ist keine Gelegenheit.

Ottilie. Könnte sich leicht etwas anspinnen —

Natalie. Warum nicht gar!

Ottilie. Und wirklich scheint es mir —

Natalie (hastig.) Was scheint dir?

Ottilie. Als ob Röschen nicht ganz gleichgültig —

Natalie. Mein Gott, das Kind sieht ihn für eine Puppe an.

Ottilie. Wenn dein Vater ihr eine gute Aussteuer gäbe —

Natalie (ärgerlich.) Ich bitte dich, schweig! man hört an deinem ganzen Gespräche, daß du nicht ausgeschlafen hast.

Ottilie. Ey, ey, Schwesterchen, kommt mirs doch beynahe so vor, als ob du ihn selbst heirathen wolltest?

Natalie (seufzend.) Ach nein! ich weiß leider wohl, daß ich eine Gräfinn bin.

~~Natalie.~~ Noch weißt du es; aber ich fürchte, du wirst es vergessen.

Natalie. Könnte ich das, so würde seine Ehrfurcht mich daran erinnern.

Dritte Scene.

Röschen. Die Vorigen.

Röschen (mit einem Körbchen voll Blumen.) Einen schönen guten Morgen. Da bringe ich Blumen für die gnädigen Gräfinnen, Rosen und Veilchen, Geranium Muscatum, und auch Salbey für die Zähne.

Natalie. Was macht dein Kranker?

Röschen. Mein Kranker ist gar nicht mehr krank; nur noch ein wenig blaß, aber das kleidet ihn recht gut.

Natalie. Wird er heute ausgehn?

Röschen. Freylich, er ist gestern schon in der Kastanienallee dreymahl auf und nieder spatziert.

Natalie. Gestern? und das sagst du mir heute?

Röschen. Ich konnte nicht abkommen.

Natalie. Was hatte denn die Jungfer für wichtige Geschäfte?

Röschen. Ich mußte mit ihm gehn.

Natalie. Mit ihm gehn? Du mußtest?

Röschen. Ey, er wollte es so haben, und ich that es auch recht gern.

Natalie. Wirklich?

Röschen (treuherzig betheuernd.) Wirklich! wirklich! was er haben will, thue ich immer gern.

Ottilie. Du scheinest ihm recht gut zu seyn?

Röschen. Von ganzem Herzen! er ist so hübsch, und die Narben verstellen ihn gar nicht.

Natalie. Hat er Narben?

Röschen. Eine große auf der Stirne, und eine kleine auf der Backe, und die kleine Narbe macht gerade ein Grübchen, wenn er lächelt.

Ottilie (mit Schalkheit.) Was doch Kinder alles beobachten.

Röschen. Augen hat er wie Veilchen, und Lippen wie Aepfelblüthen, und Zähne wie Narzissen.

Natalie. Kind, es wäre besser, du lerntest deinen Katechismus, als daß du ihm so oft in die veilchenblauen Augen guckst.

Röschen. Ja, er überhört mich zuweilen meinen Katechismus. Aber das ist drollig, zu

Hause fehlt mir nicht eine Sylbe, und wenn er mich fragt, so weiß ich oft kein Wort.

Natalie. Er überhört dich deinen Katechismus?

Röschen. Alle Woche ein Paar Mahl.

Natalie. Er könnte auch etwas Klügeres thun.

Röschen. Er hat mir eben versprochen, mich Klüger zu machen.

Natalie. Für dein Alter bist du klug genug.

Röschen. Das meint' ich sonst auch, aber in seiner Gegenwart komme ich mir zuweilen recht dumm vor. Ein Glück, daß er so gut ist, und mich dennoch lieb hat.

Natalie (rasch.) Woher weißt du das?

Röschen. Je nun, so dumm bin ich nicht, daß ich das nicht merken sollte. Manch Mahl sitzt er ganz traurig im Winkel, aber wenn ich hereintrete, gleich wird er heiter.

Natalie. Eitles Ding!

Röschen. Dann nimmt er mich bey der Hand, und schwatzt Stunden lang.

Natalie. Wovon denn?

Röschen. Hm! von allerley; meistentheils von ihnen, gnädige Gräfinn.

Natalie. Von mir?

Röschen. Ich muß ihm erzählen, was sie machen? wovon sie mit mir reden? ob sie auch seiner oft erwähnen?

Natalie. Und was sagst du ihm dann?

Röschen. Ich sage, daß sie viel, recht viel von ihm sprechen.

Natalie. Schwätzerinn!

Röschen. Dann will er wissen, wann ihr Geburtstag ist?

Natalie. Was geht ihm mein Geburtstag an?

Röschen. Als neulich der fremde Herr hier war, dem sie so viel auf dem Clavier vorspielten, da mußte ich ihm erzählen, was sie gesungen hatten. Aber damahls war er ganz mürrisch.

Natalie. Warum?

Röschen. Das weiß ich nicht. Seine Wunden mochten ihn wohl schmerzen. Hernach hat er wohl noch drey Tage lang von nichts als von dem fremden Herrn gesprochen.

Natalie. Kennt er ihn?

Röschen. Nein, aber er meinte — es würde wohl bald eine Hochzeit hier im Hause geben.

Natalie. Und was antwortetest du ihm?

Röschen. Ich sagte, das wäre wohl möglich.

Natalie. Dummes Ding! es ist aber nicht wahr.

Röschen. Das wußte ich nicht. Ich will ihm noch heute sagen, daß es nicht wahr ist.

Natalie. Laß das nur bleiben, es geht ihn doch nichts an.

Röschen. Er würde sich aber sehr freuen, wenn sie glücklich wären, das sagt er oft.

Natalie. Sagt er das?

Röschen. Einmahl weinte er sogar dabey.

Natalie. Er weinte?

Röschen. Ich sah es wohl, ob er es gleich verbergen wollte.

Natalie (grübt für sich.) Er weinte!

Röschen. Als ich ihm neulich die eingemachten Früchte bracht: — er wollte sie kaum ansehen; als er aber hörte, daß sie von ihnen kämen, da wurde er feuerroth — und — und —

Natalie. Nun? und? —

Röschen (verschämt.) Und da gab er mir einen Kuß.

Natalie. Ein Kuß? — ey! — nun, es wird wohl mehr als einer gewesen seyn.

Röschen. Ach nein: es war nur einer. Sein Vater kam gleich dazu.

Natalie. Also, wenn der Vater nicht dazu gekommen wäre? —

Röschen. Der ist ein garstiger rauher Mann, brummt und poltert, und sieht immer aus wie mein Vater, wenn ihm die Maulwürfe in die Mistbeete gekommen sind. Zuweilen reden sie auch eine kauderwelsche Sprache unter einander, wie die Zigeuner. Kein Christenmensch versteht ein Wort davon.

Natalie. Geh Röschen und sage ihm, wenn er ausgeht, soll er nicht vergessen nach dem Schlosse zu kommen, hörst du?

Röschen. Wer? der Vater?

Natalie. Nicht doch, der Sohn.

Röschen. Ey, der wird schon von selbst kommen. Er sprach gestern davon, daß er sich bey ihnen bedanken müsse.

Natalie. Bedanken? wofür?

Röschen. Für die Arzneyen und Kraftsuppen, Früchte und Blumen —

Ottilie. Hast du ihm alles das geschickt?

Natalie. Allerdings. Sollte ich etwa den Retter meines Lebens Mangel leiden lassen?

Röschen. Ich will aber doch flugs gehen, und ihm sagen, die gnädige Gräfinn hätten befohlen —

Natalie. Freylich, bey der Gelegenheit siehst du ihn.

Röschen. Ach ja! ich seh ihn gar zu gern.

(Sie hüpft fort.)

Vierte Scene.

Natalie und Ottilie.

Ottilie. Ey, ey, Schwesterchen —

Natalie. Was soll das bedeuten?

Ottilie. Wenn ein Fremder das mit angehätte —

Natalie. In Gottes Nahmen!

Ottilie. Der möge darauf schwören, verliebt in den Sohn unsers Verwalters.

Natalie. Und werbe sich mächtig ir

Ottilie. Das gebe der Himmel!

Natalie. Ich würde mich hassen, wenn ich undankbar seyn könnte.

Ottilie. Dankbarkeit ist zuweilen ein Incognito der Liebe.

Natalie. Und wenn es wäre? ist es denn meine Schuld, daß man die Gräfinnen nicht in den Styx taucht, wie den Achill, um sie unverwundbar zu machen?

Ottilie. Wenn es wäre? Ach Natalie? welchen endlosen Jammerfaden würdest du dir spinnen! dein Vater ist ein Biedermann, aber stolz.

Natalie. Ich könnte antworten: auf solch' einen Schwiegersohn dürfe er auch stolz seyn. Aber sey ruhig, ich werde nicht vergessen, was ich meinem Vater und der Welt schuldig bin.

Ottilie. Eigene Erfahrung macht mich mißtrauisch.

Natalie. Dein Fall war sehr verschieden.

Ottilie. Ich liebte wie du, ehe ich es wußte, und trotzte, wie du auf meine Kräfte.

Natalie. Hätten nur die Vorfahren dieses Jünglings ein Raubschloß besessen, oder ein Paar Saracenen todt geschlagen —

Ottilie (lächelnd.) Vielleicht sind sie selbst Saracenen. Was hältst du von der fremden Sprache dieser räthselhaften Menschen?

Natalie. Es wird Französisch gewesen seyn.

Corsen. B.

Ottilie. Schwerlich. Das hätte Röschen — zwar nicht verstanden — aber, da sie es täglich hier im Schlosse hört, doch auch nicht für Zigeunersprache erklärt. Ich vermuthe zuweilen —

Natalie. Was?

Ottilie. Wenn ich mehrere kleine Anmerkungen neben einander stelle —

Natalie. Liebe Ottilie, was vermuthest du?

Ottilie. In deinem jungen Ritter einen Landsmann zu finden.

Natalie. Einen Corsen?

Ottilie. Vielleicht. Dein Vater pflegt dann und wann die Politik mit seinem Verwalter abzuhandeln. Durch ein zufälliges Gespräch über Corsica, wurde der Alte neulich so warm, er schimpfte so herzlich auf die Genueser — und dann schien er plötzlich so erschrocken, als ob er sich verrathen habe —

Natalie. Ach! Felix sey geboren wo er wolle, sein Vaterland darf stolz auf ihn seyn!

Fünfte Scene.

Der Graf. Die Vorigen.

Graf. Guten Morgen Kinder! (Natalie küßt ihm die Hand. Ottilie will das nähmliche thun; er zieht seine Hand zurück und küßt sie auf die Stirn) Seht nur, wie mich die Mücken zerstochen haben.

Ich schlafe so gern bey offenen Fenstern, aber man muß die frische Luft mit Blut bezahlen.

Natalie. Haben sie die Nachtigallen gehört?

Ottilie. Und die Kanonen?

Graf. Da merkt man gleich, daß die eine noch ein Mädchen ist, und die andre einen Officier geheirathet hat; d i e s e hört Nachtigallen, und j e n e Kanonen. Ich habe keines von beyden gehört.

Ottilie. Ach! dann waren sie glücklicher als ich.

Graf. Im Ernst? — (Er sieht sie genauer an) Entweder die Mücken haben ihre Augen verwundet, oder ich sehe Thränenspuren?

Ottilie. Meine Angst — die heftige Kanonade —

Graf. Wo?

Ottilie. Aus der Gegend der Donau, die ganze Nacht hindurch.

Graf. Wirklich? — schon wieder? — hm! hm! (Er schüttelt den Kopf und setzt sich an den Theetisch) Ich dächte, sie hätten noch Todte genug zu begraben.

(Der Bediente bringt ihm eine Pfeife Taback.)

Graf. Johann, hast du nichts gehört? die Kanonen sollen diese Nacht gebrummt haben?

Bediente. So eben sind zwey Couriere durchgegangen. Es ist eine Action vorgefallen.

Graf. Eine Action?

Bediente. Es soll scharf hergegangen seyn.

Graf. Nun, nun, wie scharf denn?

Bediente. Von unsrer Seite 500 Todte, 300 Bleſſirte —

Graf. Schweig!

Bediente. Eine Menge Gefangene, 30 Officiers —

Graf. Halt das Maul!

Bediente. Die werden wohl von den Türken — (Er macht die Pantomime des Kopfabſchneidens.)

Graf. Geh zum Teufel! (Er wirft ihm die Pfeife vor die Füße.)

Bediente (ſammelt die Stücken und geht.)

Ottilie (ringt die Hände.) Ach mein Gott!

Graf. Ruhig, ruhig, es wird ſo arg nicht geweſen ſeyn. (Er ſucht ſeine eigene Angſt zu verbergen, und ſchenkt ſich Thee ein, aber ſeine Hand zittert.)

Natalie. Laſſen ſie mich, lieber Vater —

Graf. Warum?

Natalie. Sie zittern —

Graf. Was geht es dich an? Ich habe oft genug dem Feinde die Zähne gewieſen, ich habe nie gezittert — aber damahls hatte ich keine Kinder.

Ottilie (für ſich, in ſtiller Angſt.) Ach mein Gott!

Graf (ſchielt nach ihr hin und ſetzt ſeine Taſſe weg.) Da ſchlinge einer, wenn er kann, ſein Frühſtück hinunter. — Hab' ich nun nicht Recht? die Welt iſt ein Ding, das irgend ein Affe unter den

Engeln unserm Herr Gott nachgepfuscht hat. Der Kornwurm frißt die Saat; die Raupe nagt an der Blüthe; der Hagel zerknickt die Aehren; im Winter erfrieren die Weinstöcke, und im Frühjahr schießen sich die Menschen todt, um das Plätzchen zu occupiren, wo die erfrornen Weinstöcke gestanden haben.

Ottilie. Gewiß ist mein Franz dabey gewesen!

Graf. Nun ja, er wird doch wohl nicht bey der Bagage geblieben seyn?

Ottilie. 500 Todte!

Graf. Besser todt als feigherzig.

Ottilie. 300 Blessirte!

Graf. Ist mein Sohn blessirt, so wette ich, die Wunden sind nicht auf dem Rücken.

Ottilie. 30 Officiers gefangen!

Graf. Wer weiß auch ob alles so wahr ist. Ein Courier und ein Lügner sind Geschwisterkind.

Ottilie. Ach! der Krieg! der Krieg!

Graf. Es wäre freylich besser, wenn der Abbee Saint Pierre die Armee commandirte, so feyerten wir bald einen ewigen Frieden.

Sechste Scene.

Der alte Wacker. Die Vorigen.

Graf. Willkommen, mein lieber Verwalter; was bringt er Gutes?

Wacker. Herr Graf, der alte Steffanson muß ins Loch gesteckt werden.

Graf. Der alte Mann? warum das?

Wacker. Wegen Versäumniß und Ungehorsam.

Graf. Ich habe seit zwanzig Jahren keinen Bauer ins Loch stecken lassen.

Wacker. Daher kommt es auch, daß jeder Bauer den Herrn spielt.

Graf. Wohl möglich, er spielt ihn aber doch nur.

Wacker. Es muß ein Exempel statuirt werden.

Graf. Lieber Wacker, ich habe nur ein Gefängniß. Wenn der Schlüssel nicht verloren worden, so muß es wenigstens erst ein Paar Tage gelüftet werden, ehe man einen M e n s c h e n hinein sperren kann.

Wacker. So läßt man dem Kerl ein Paar Dutzend Stockprügel aufzählen.

Graf. Ich bin kein Liebhaber von Stockprügeln.

Wacker. Ich auch nicht, aber wer kann Menschen regieren ohne Stock?

Graf. Mache er doch die Menschen nicht so schlimm.

Wacker. Sie taugen nichts.

Graf. Ich bin zufrieden mit ihnen. Aber die Welt, lieber Wacker, die Welt taugt nichts.

Wacker. Die Welt wäre ein Paradies, wenn keine Menschen darauf wohnten.

Graf. Ein sauberes Paradies! hier ein feuerspeyender Berg, und dort ein Aschenregen; hier ein Ocean, und dort Erdbeben —

Wacker. Auf den Ruinen stehen ein Paar tausend Narren und schlagen sich todt.

Graf. Eine angenehme Abwechslung von ewigem Eis und schmelzender Sonnengluth.

Wacker. Elemente sind leichter zu zähmen als Menschen.

Graf. Lehrt die Erfahrung ihn so sprechen, so bedaure ich ihn. Es gibt ein treffliches Mittel, die Menschen zu regieren —

Wacker. Furcht und Strenge.

Graf. **Wohlthaten**, mein guter Wacker, die verzinsen sich durch Liebe.

Wacker. Die Liebe gehorcht nicht.

Graf. Das braucht sie auch nicht, denn sie **handelt ehe es befohlen** wurde.

Wacker. Bey diesem Grundsatz —

Graf. Haben sich meine Unterthanen wohl befunden, und ich noch besser. Als nach der Schlacht bey Peterwardein ein Trupp flüchtiger Türken mein Schloß in Brand steckte, da hat der nähmliche alte Steffanson mich brey Tage beherbergt; und nun soll ich ihn ins Loch stecken lassen?

Wacker. Er hat den Frohndienst verabsäumt.

Graf. Was führt er zu seiner Entschuldigung an?

Wacker. Hm! seine Tochter ist in die Wochen gekommen.

Natalie. Nun, lieber Herr Verwalter, dann ist er ja auch entschuldigt.

Wacker. So? was geht den Vater das Kindbett der Tochter an?

Graf. Vielleicht ist sie in Gefahr gewesen.

Wacker. Das sagt er freylich.

Graf. Ey, dann wollen wir ihm durch die Finger sehn.

Wacker (bitter lächelnd.) Um einer Tochter willen —

Graf. Er ist kein Liebhaber von Töchtern wie es scheint?

Wacker. Nein wahrlich! die gnädige Gräfinnen mögen mir das nicht übel nehmen, ich bin kein Liebhaber von Töchtern.

Natalie. Warum nicht?

Wacker. Je nun, was hat man denn von ihnen? wenn sie groß werden, heirathen sie —

Graf. Desto besser!

Wacker. Und wenn sie heirathen, so vergessen sie ihre Aeltern.

Natalie. Das ist hier in Ungarn nicht Sitte.

Graf. Ein Vater, der mit Liebe und Sorgfalt für seine Kinder wählte —

Wacker. Ja doch, die Väter wählen auch immer. Zuweilen laufen die Töchter mit Landstreichern davon. Des Vaters Thränen löschen keine Liebesflammen. Ob der Alte daheim ein ödes Daseyn hülflos fortschleppt: ob er für sein Kind bethet, oder ihm flucht — darnach fragt ein verliebtes Mädchen wenig.

Ottilie (wird von diesem Gespräch sichtbar gemartert.)

Natalie. Sie schildern ein ungerathenes Kind.

Wacker. Es gibt deren genug.

Natalie. Haben sie keine Tochter?

Wacker. Ich? — (Mit Nachdruck) Nein, ich habe keine Tochter.

Natalie. Wenn sie eine hätten, so würden sie anders sprechen.

Wacker. Da . . . . . ein Thor, . . der alte Steffanson, ... verdienten Strafe entrinnt. Es bleibt also dabey, Herr Graf?

Graf. Es bleibt dabey.

Wacker. Dem Kerl geschieht nichts?

Graf. Nichts.

Wacker. Nun, in Gottes Nahmen!

(Er geht ab.)

Siebente Scene.

Die Vorigen, ohne den Verwalter.

Graf. Der Mann ist ein vortrefflicher Landwirth, aber ein Menschenfeind. Das gefällt mir nicht.

Natalie. Warum weinst du liebe Ottilie?

Ottilie (schluchzt und kann nicht antworten.)

Natalie. Mein Gott, Schwester, was ist dir?

Graf. Wie kann man nun so dumm fragen? sie ängstigt sich um deinen Bruder.

Natalie. Nein, nein, hier geht sonst etwas vor.

Ottilie. Und das erräthst du nicht? du kennst mich g a n z und fragst noch?

Natalie (halb leise.) Ich will nicht hoffen, daß der alte Murrkopf —

Ottilie. Er hat mein Herz zermalmt!

Graf. Wer? mein Verwalter?

Ottilie. Er hat mein schlummerndes Gewissen unsanft geweckt!

Graf. Wer? der alte Wacker?

Ottilie. Was er von lieblosen Töchtern sagte —

Graf. Was geht das sie an?

Natalie (ihr mit den Augen winkend.) Allerdings, Schwesterchen, was geht das dich an?

Ottilie. Ach! es war vielleicht der Wiederhall von meines Vaters Worten!

Graf. Frau Tochter, ich glaube, die Kanonade hat sie ein wenig verwirrt gemacht.

Natalie (sie unter den Arm fassend.) Laß uns spatzieren gehn.

Ottilie. Nein, es geschehe was da wolle, ich kann in diesem Augenblicke nichts verschweigen.

Graf. Haben sie mir denn etwas verschwiegen?

Ottilie. Auch ich hatte einen Vater —

Graf. Nun freylich, aber er starb, als sie noch ein Kind waren.

Ottilie. Ich hoffe — er lebt noch!

Graf (erstaunt.) Wie?

Ottilie (ergreift seine Hand.) Ich habe sie hintergangen —

Graf. Das war nicht recht.

Ottilie. Ich bin keine Waise —

Graf. Warum verhehlten sie mir das?

Ottilie. Hatten wir nicht schon genug zu bekennen?

Graf. Besser alles auf einmahl.

Ottilie. Verbunden ohne ihr Wissen —

Graf. Das war freylich schlimm genug.

Ottilie. Sollten wir noch hinzufügen: ohne meines Vaters Willen?

Graf. Ohne seinen Willen? — hm! das verdrießt mich. Was hat er an meinem Sohn auszusetzen? kennt er ihn?

Ottilie. Ach! er kennt nicht einmahl seine Tochter.

Graf. Wie versteh' ich das?

Ottilie. Seit dem Tode meiner Mutter, seit meinem vierten Jahre, wurde ich in Frankreich bey einer alten Tante erzogen —

Graf. Nun ja, das weiß ich schon.

Ottilie. Dort lernt ich meinen Franz kennen und lieben —

Graf. Ist mir bewußt. Statt ganz Europa zu durchreisen, blieb er in einem Französischen Landstädtchen; alle seine Briefe batirte der Bube bald aus Rom, bald aus Neapel.

Ottilie. Ich kannte meines Vaters Haß gegen alle Ausländer. —

Graf. Der verdammte Nationalstolz!

Ottilie. Zitternd ließ ich manches bedeutende Wort in meine Briefe fließen, um seine Gesinnungen zu erforschen —

Graf. Und er verstand sie?

Ottilie. Nur zu gut! denn, nach einigen väterlichen Warnungen, erklärte er mir plötzlich, daß ich seit meinem zwölften Jahre für einen seiner Freunde bestimmt sey.

Graf. Plötzlich und doch zu spät? nicht wahr?

Ottilie. Ich wagte noch einen Versuch. Ich bath — er drohte. Ich wollte in ein Kloster gehn — er spottete. An meine Tante schrieb er, er werde mich abhohlen, so bald es auf unsrer Insel ruhiger geworden.

Graf. Ich errathe das übrige. Sie hatten nicht Lust seine Erscheinung abzuwarten?

Ottilie. Als nun vollends meine gute, mitleidige Tante unvermuthet starb, da verleiteten Angst und Gefahr, Liebe und Ueberredung, mich zu einem Schritt, den ich selbst im Schooße des Glücks mir nie verzeihen werde!

Graf. Auch bleibt es immer eine große Unbesonnenheit. Ich würde mich härter ausdrücken, Frau Tochter, aber leider fürchte ich wohl, daß mein Sohn schuldiger ist, als sie.

Ottilie. Wir wurden heimlich verbunden — ein Kloster nahm mich auf —

Graf. Warum kamen sie denn nicht gerades Weges hierher?

Ottilie. Mein Franz wollte seinen guten Vater vorbereiten —

Graf. Und der gute Vater war auch so ein Narr, einen Complimentenbrief an die todte Tante zu schreiben.

Ottilie. Ach! wenn sie wüßten, welche Freude dieser Brief in meine klösterliche Einsamkeit brachte! ich empfing ihn wenige Tage nach der Geburt meines Sohnes.

Graf. Sehr wohl, aber was wurde aus ihrem Vater?

Ottilie. Ach! was wurde aus ihm! ich weiß es nicht.

Graf. Wie? Sie haben sich gar nicht weiter um ihn bekümmert?

Ottilie. Seit Jahr und Tag ist kaum eine Woche vergangen, da ich nicht die reuigsten Briefe an ihn geschrieben. Hat er sie empfangen — ich weiß es nicht.

Graf. Sie erhielten keine Antwort?

Ottilie. Keine.

Graf. Die Genueser hausen auf Corsica; ihr Vater war Patriot, wer weiß wohin er sich geflüchtet.

Ottilie. Auch mein Bruder schweigt!

Graf. Bruder? die Familie wird immer größer.

Ottilie. Mein einziger Bruder! ein trefflicher Jüngling!

Graf. Sie kennen ihn?

Ottilie. Es sind nun fast drey Jahr als er mich in Frankreich besuchte. Vorher kannte ich weder Vater noch Bruder. Aber wenige Wochen waren genug, um das Band der zärtlichsten Geschwisterliebe zwischen mir und Camillo zu knüpfen. — Nein, er hat mich nicht vergessen! meine Briefe sind verloren gegangen, das ist der einzige elende Trost, an den ich mich halte.

Graf. Und wahrscheinlich kein leerer Trost.

Ottilie. Ein Gerücht sagt, meines Vaters Güter seyen confiscirt, er selbst verbannt. Ach! er irrt vielleicht in Armuth und Dürftigkeit von Land zu Land! — Vergebens suche ich seinen Nahmen in den Zeitungen — Ach! der Gram um Vaterland und Tochter warfen ihn aufs Kranfenlager — ich sehe ihn verlassen von aller Welt — ich höre seine Seufzer — seinen Fluch! —

Graf. Ruhig, ruhig. Wir wollen schreiben, spioniren, Bothen aussenden —

Ottilie. O! wie schrumpft jedes Erdenglück zusammen, wenn der Aeltern Fluch es drückt!

(Sie geht weinend ab.)

Achte Scene.

Der Graf und Natalie.

Graf. Wahr! sehr wahr! und eben darum, gutes Kind, verdienst du deine Qualen. — Aber du dauerst mich doch.

Natalie. Sie leidet unaussprechlich.

Graf. Franz! Franz! wo war deine Ehre — dein Gewissen —

Natalie (entschuldigend.) Die Liebe —

Graf. Ey was Liebe! beschimpft mir doch nicht das einzige Ding, das hienieden von göttlicher Abkunft ist. Da nehmt ihr eine Puppe, behängt sie mit euern elenden Leidenschaften, stellt sie an den Pranger, und sprecht: das ist die Liebe. — Die Liebe, meine werthe Fräulein Tochter, ist mit Tugend und Edelmuth so innig verbunden, als der Geruch mit der Rose.

Natalie. Doch wird sie vielleicht öfter durch Grillen und Vorurtheile, als durch Leidenschaften entweiht. Jene sind es, die oft Liebende zwingen, weniger edel zu sch e i n e n.

Graf. Du sprichst wahrhaftig, als ob du auch Lust hättest davon zu laufen.

Natalie. Bewahre der Himmel! mein guter Vater hat mich keinem seiner Freunde versprochen.

Graf. Das kannst du noch nicht wissen.

Natalie. Er wird mein Herz zu Rathe ziehn.

Graf. Mädchenherzen sind schlechte Rathsherrn.

Natalie. Freylich, wenn die Rathsherren immer auch Jaherren seyn müssen.

Graf. Kurz, Natalie, wenn du je im Stande wärest mir einen ähnlichen Streich zu spielen, so wollte ich lieber, meine Neapolitaner hätten dir den Hals gebrochen.

Natalie. Sie erinnern mich da an eine Begebenheit, die mir drückend ist.

Graf. Drückend? warum?

Natalie. Ohne den Beystand jenes edlen Jünglings war es um mich geschehn, und noch immer hat er keinen Beweis der Dankbarkeit von mir empfangen.

Graf. Das ist meine Sorge.

Natalie. Er ist wieder hergestellt.

Graf. Das freut mich.

Natalie. Heute wird er zum ersten Mahle ausgehn.

Graf. Ich will ihn sprechen.

Natalie. Was werden sie für ihn thun?
Graf. Das wird sich finden.
Natalie. Er ist ein gebildeter junger Mann.
Graf. Desto besser.
Natalie. Er hat Kenntnisse.
Graf. In welchem Fache?
Natalie. Ich vermuthe, in allen Fächern.
Graf. Warum nicht gar!
Natalie. Ich habe einige Mahl mit ihm gesprochen —
Graf. Und da hat er seine Kenntnisse ausgekramt?
Natalie. Das nicht, aber ich vermuthe —
Graf. Und ich vermuthe, daß du eine Närrinn bist.
Natalie. Lieber eine Närrinn, als undankbar.
Graf. Traust du deinem Vater Undank zu? Bin ich nicht ein reicher Mann?
Natalie. Es ist noch ein Unterschied zwischen Belohnung und Dank.
Graf. So danke du, ich werd' ihn belohnen.
Natalie. Auf welche Art?
Graf. Vielleicht hat er Lust zu studieren; wir schicken ihn auf Universitäten, lassen ihn einen Doctorhut auf das Haupt setzen, und machen ihn dann zum Gerichtshalter auf unsern Gütern.
Natalie. Ach! das ist doch auch ein einförmiges Schneckenleben.

Corsen.   C

Graf. Wir wollen es zweyförmig machen, wir geben ihm eine hübsche Frau.

Natalie. Da — freylich —

Graf. Was meinst du, deine Kammerjungfer ist ein sanftes liebes Mädchen?

Natalie. Ein recht artiges Gänschen.

Graf. Die Natur hat sie mit einem hübschen Gesichtchen ausgesteuert; wie, wenn ich der Natur noch mit ein Paar tausend Thalern zu Hülfe käme?

Natalie. Wenn der junge Wacker Lust dazu hat —

Graf. Junge Leute haben immer Lust zu heirathen.

Natalie. Mein Oheim der General, könnte ihm vielleicht eine Officierstelle verschaffen —

Graf. Ey ja doch! warum nicht gar! ein Bürgerlicher —

Natalie. Hat seine schöne That ihn nicht geadelt?

Graf (spöttisch.) Schöne That!

Natalie (bitzig.) Ist sie's nicht?

Graf. Für mich und dich, allerdings. Aber was liegt dem Staate daran, ob eine naseweise Gräfinn mehr oder weniger in der Welt ist?

Neunte Scene.

Ein Bedienter. Die Vorigen.

Bedienter. Ein durchreisender Courier hat dieß Paket abgegeben. (Ab.)

Graf (wirft einen gierigen Blick auf die Addresse.) Von meinem Bruder.

Natalie. Dem General?

Graf. Ja.

Natalie. Nachrichten von Franz?

Graf. Vermuthlich. (Er legt das Paket vor sich auf den Tisch, und ist in großer, ängstlicher Bewegung.)

Natalie. Warum öffnen sie das Paket nicht?

Graf. Ich werde es öffnen.

Natalie. Sie fürchten doch nicht —

Graf. Ich fürchte und hoffe alles.

Natalie. Soll ich meine Schwägerinn rufen?

Graf. Dazu ist es noch viel zu früh.

Natalie. Vielleicht ist ein Brief meines Bruders dabey.

Graf. Die Aufschrift ist nicht von ihm!

Natalie. Soll ich in einen Winkel treten, und das Paket öffnen?

Graf. Nein.

Natalie. Aber wie können sie sich und mich so lange quälen?

Graf. Wer zwischen Furcht und Hoffnung Tod oder Gnade erwartet, der wünscht den ent-

scheidenden Augenblick herbey, und tritt doch zögernd vor seinen Richter. — Ich habe nur
diesen einzigen Sohn — er ist brav — ich liebe ihn — wer steht mir dafür, wenn ich dieß
Paket öffne — Geh Natalie, laß mich allein.

Natalie. Lieber Vater —.

Graf. Ich bitte dich.

Natalie. Unmöglich kann ich sie in diesem Augenblicke verlassen.

Graf (mit Ernst.) Ich will allein seyn.
(Natalie gehorcht.)

Zehnte Scene.

Der Graf allein.

Ist mein Franz todt, so mag ich weder Trost
noch Hülfe. Lebt er aber, so soll alles mit mir
jubeln, als wäre er noch einmahl geboren worden. — (Er blickt starr auf das Paket) Noch bin
ich ein reicher Mann — in der nächsten Minute
vielleicht ärmer als der Tagelöhner, dem da un-
ten seine Buben das Holz zutragen. — Was
hindert mich, daß ich das Siegel zerbreche? —
was lähmt meine Hand? — Rasch alter Vater!
(Er macht mit der Rechten einen Riß in das Couvert, läßt aber das Paket auf dem Tisch liegen) Es
ist offen. — Wer sagt, daß eines Greisen Herz
nicht auch heftig klopfen könne? — (Seine Angst
treibt ihn auf und nieder; dann bleibt er wieder vor

dem Tische stehn) Gerade so war einst der Brief gestaltet, der mir meines Weibes Tod verkündigte — pfui! warum muß mir das eben jetzt beyfallen! (Er greift hastig nach seinem Hut, der an der Wand hängt, und deckt ihn über das Paket) So. — Nun, Alter, fasse dich; sey nicht kindisch. Erfahren mußt du es doch einmahl. — Ungewißheit ist langsames Gift — stoße dir lieber den Dolch rasch in die Brust. (Er schleudert den Hut fort, reißt hastig den Inhalt des Pakets aus dem Couvert, und verstreut die Papiere auf dem Tische) Da liegen sie alle — alle — (Sein Blick schweift ängstlich umher) Neuigkeiten — und Todtenlisten — und — und — (laut aufschreyend) ein Brief meines Sohnes! (Er stürzt sich über den Tisch, faßt mit beyden Händen den Brief, hebt ihn mit dankbaren Blicken hoch empor, drückt ihn dann an seine Lippen, und wischt sich die Augen) Er lebt! — ich danke dir Gott! — (Er öffnet zitternd den Brief, und liest abgebrochen:)

„Wir siegen — Ich war in Gefahr — Glück
„und Muth haben mich gerettet — Mein Re
„giment hat brav gefochten — Prinz Eugen
„hat auf dem Schlachtfeld mich umarmt. — Ich
„habe Urlaub auf 24 Stunden — heute Abend
„bin ich bey Ihnen — sagen Sie nichts davon an
„Weib und Schwester—ich will sie überraschen —"
(Pause. Sein stummes Spiel drückt die innigste Vaterfreude und Dank gegen Gott aus. — Er klingelt.)

Eilfte Scene.

Der Graf, und ein Bedienter.

Graf. Johann, du kennst die alte Frau, deren Sohn neulich erschossen wurde?
Bedienter. Ja.
Graf. Du weißt wo sie wohnt?
Bedienter. Das zweyte Haus im Dorfe.
Graf. Da, bring ihr diesen Beutel. (Er gibt ihm eine volle Börse, steckt den Brief in seinen Busen und geht ab.)
Bedienter (den Beutel auf der Hand wiegend.) Viel Gold — aber doch kein Sohn!

(Er geht ab.)

Zweyter Act.

Erste Scene.
Der Graf, Natalie und Ottilie.

Graf (sitzt am Tische, und hat eben die übrigen Papiere durchlaufen.)

Natalie und Ottilie (stecken die Köpfe durch die Thüre.)

Natalie. Dürfen wir nun kommen, lieber Vater?

Graf (in froher Laune.) Ey warum denn nicht?

Natalie und Ottilie (kommen schnell herein, und fragen hastig hintereinander.)

Natalie. Nun wie ists?
Ottilie. Gute Nachrichten?
Natalie. Was macht Franz?
Ottilie. Er lebt?
Natalie. Ist er dabey gewesen?
Ottilie. Doch nicht blessirt?
Natalie. Oder gar gefangen?

Graf. He da! das schnattert, als ob ein Capitolium in Gefahr wäre.

Natalie. O geschwind! Sagen sie mir —

Ottilie. Ich bebe vor Verlangen!

Natalie. Und ich vor Neubegier.

Graf. Das thut mir leid.

Natalie und Ottilie (zugleich.) Wie so? warum?

Graf. Weil meine Zunge gebunden ist.

Natalie. Sie scherzen.

Ottilie. Und martern mich.

Natalie (streichelt ihm das Kinn.) Lieber Vater! seyn sie doch nicht so verschwiegen, als ein Freymaurer.

Graf. Das Gleichniß paßt nicht, denn ich habe wirklich etwas zu verschweigen.

Ottilie (auf der andern Seite des Sessels, küßt und streichelt seine Hand.) Lieber Vater! haben sie Mitleid mit meiner Angst.

Graf. Ich darf nicht. Ich mögte gar zu gern noch für jung passiren; wenn ich aber plaudere, so würde es heißen: der Graf da oben auf der Burg, der muß wohl schon recht alt seyn, er fängt an zu schwatzen wie ein Kind.

Natalie (verdoppelt ihre Liebkosungen.) Vaterchen, ich sticke ihnen mit eigenen Händen eine Schabracke für ihren Araber.

Graf. Gar Bestechung?

Ottilie. Bitte! bitte! ich helfe ihnen auch ihre Grotte mit Muscheln auslegen.

Graf. Den Henker! da widerstehe wer da kann. Nun, wenn ihr es denn durchaus wissen wollt, so hört mir zu. Die Türken —

(Er räuspert sich.)

Natalie und Ottilie (mit gespannter Erwartung.) Nun?

Graf (mit großer Ernsthaftigkeit.) Die Türken, wie ihr wißt, sind Muselmänner —

Natalie. Und Mahometaner oben drein.

Graf. Sie halten viel auf schöne Mädchen —

Natalie. Das ist ja keine Neuigkeit.

Graf. Um nun ihres Sieges gewiß zu seyn, haben sie 500 Circassierinnen ins Deutsche Lager gesandt, die sollen alle junge Ehemänner verführen.

Ottilie (mit getäuschter Erwartung, und bescheidenem Unwillen.) Immer noch Scherz?

Graf. Mein Bruder meldet mir, Franz sitze mitten unter ihnen, und habe keine Zeit zu schreiben.

Ottilie. Ich weiß schon was ich thue. Ich hohle meinen kleinen Carl, der soll so lange betteln, bis Großpapa ihm alles haarklein erzählt.

(Sie geht ab.)

Natalie. Lieber Vater ich bin böse.

Graf. Du?

Natalie. Recht böse.

Graf. Ey!

Natalie. Ehe sie den Brief öffneten, waren sie selbst in großer Angst. Sie wissen also recht gut, wie einem zu Muthe ist.

Graf. Ich bin sein Vater.

Natalie. Und ich seine Schwester.

Graf. Du siehst, ich bin ruhig.

Natalie. Gott sey Dank!

Graf. Wenn der Vater ruhig ist, so darf die Schwester sich an ihr Clavier setzen, und einen Schwäbischen Tanz spielen.

Natalie. Aber die weibliche Neubegier —

Graf. Stellst du dich doch, als ob bey der Armee ein neues Kopfzeug erfunden worden wäre.

Zweyte Scene.

Ein Bedienter. Nachher Felix. Die Vorigen.

Bedienter. Der junge Herr Wacker will aufwarten.

Natalie (erschrickt, und wird sehr verlegen.)

Graf. Er soll kommen.

(Bedienter ab.)

Graf. Was ist dir? du bist ja ganz roth geworden?

Natalie. Ich würde schamroth werden, wenn ich den Retter meines Lebens fühllos empfinge.

Felix (tritt mit einer anständigen Verbeugung herein.)

Graf. Nur näher, junger Mensch. Du bist ein braver Bursche. Du hast viel gewagt.

Felix. Viel, Herr Graf?

Graf. Du haſt dein Leben in die Schanze ge‍ſchlagen.

Felix. Das war wenigſtens nicht v i e l.

Graf. Zum Henker! in deinen Jahren —

Natalie (die durch ihres Vaters Derbheit in die äußerſte Verlegenheit geſetzt wird, und ſie wieder gut zu machen wünſcht.) Ich freue mich — H e r r Wacker — ich freue mich recht ſehr — ſ i e wieder hergeſtellt zu ſehn.

Felix. Ich nicht, gnädige Gräfinn, denn nun habe ich gar keinen Verdienſt mehr um ſie.

Natalie. Sie haben viel um mich gelitten.

Felix. Ich bin ſtolz darauf.

Graf. Vom Stolz wird man nicht ſatt. Ich bin dein großer Schuldner,

Felix. Weit noch mehr verdanke i c h dem Zu‍fall, der mir Gelegenheit verſchaffte, einer ſo ehrwürdigen Familie nützlich zu werden.

Graf (ſtutzt. Halb für ſich.) Hm! — bravo! — Du haſt wie es ſcheint — ſein Vater, mein Freund, hat ihm gute Erziehung gegeben.

Felix. Mein Vater hatte immer hohe Begriffe von ſeinen Pflichten.

Graf. Und er macht dieſer Erziehung Ehre.

Felix. Ich lernte wenigſtens fühlen, was ich ihm und ſeinen Wohlthätern ſchuldig bin.

Natalie. Wollen ſie ſich nicht ſetzen, Herr Wacker?

Felix (dankt durch eine Verbeugung.)

Graf. Laß er hören, mein Freund, was kann ich für ihn thun?

Felix. Sie haben schon so viel für meinen Vater gethan —

Graf. Ey was! sein Vater ist ein fleißiger, arbeitsamer Mann, der thut mehr für mich, als ich für ihn. Hier ist von seiner eignen braven Handlung, und von unsrer Dankbarkeit die Rede.

Felix. Hab ich Dank verdient, so lohnt mich dieß Bewußtseyn.

Graf. Aber das ist mir nicht genug. Man hat meiner einzigen Tochter das Leben gerettet —

Felix. Es ist mir freylich doppelt süß, das Leben einer solchen Tochter, für die Liebe eines solchen Vaters erhalten zu haben; aber — gestehen muß ich doch, Herr Graf, — daß ich für das erste beste Bauernkind das nähmliche gethan haben würde.

Graf. Das ist gut. Das ist recht.

Felix. Und — auch das darf ich noch sagen — es würde mich geschmerzt haben, wenn die Aeltern dieses Kindes mich anders, als durch einen dankbaren Händedruck hätten belohnen wollen.

Graf. Freylich, wenn von armen Bauersleuten die Rede wäre —

Felix. Rang und Reichthum machen hier keinen Unterschied.

Graf. Ich denke doch, was der Bauer durch einen Handschlag erklärt —

Felix. Das kann der Graf unmöglich lebhafter ausdrücken. Lassen sie mir immer das süße Bewußtseyn, ohne Nebenabsichten, etwas für die Menschheit gethan zu haben.

Graf. Nebenabsichten? wer spricht davon? wenn sechs wilde Neapolitaner Reißaus nehmen, so hat man wahrlich nicht Zeit, an Nebenabsichten zu denken.

Felix. Jede Belohnung würde mein ohnehin geringes Verdienst schmälern. Sie sind reich und vornehm; ich bin arm, und bedarf etwas in mir, das mich in ihrer Gegenwart aufrecht erhalte.

Graf (betreten.) Er will also — Man ist wirklich — Sie verschmähen also meinen Dank?

Felix. Nur den Dank des Grafen, nicht den des Vaters.

Graf. Sie sind ein edler junger Mann. Wir müssen uns näher kennen lernen.

Natalie. Ich denke, mein Vater, wir kennen ihn nun schon.

Graf. Wahrlich! es macht mich verlegen — daß ich so gar nichts — ich muß schon darauf denken, ihrer Delicatesse einen Streich zu spielen. — Unterdessen — wäre das Mädchen ein Bauerkind, so hätte ein dankbarer Händedruck der Aeltern sie erfreut? Sagten sie nicht so? — Ihre Hand, Herr Wacker! (Er schüttelt ihm die Hand, und geht ab.)

Dritte Scene.

Natalie und Felix.

(Pause, in welcher wechselseitige Verlegenheit herrscht.)

Felix (mit Schüchternheit.) Gnädige Gräfinn, sie haben durch ihre hülfreiche Vorsorge und edle Theilnahme die Lage eines Kranken beneidenswerth gemacht. Fast hätte ich meine Krankheit freywillig verlängern mögen, wäre nicht die Begierde ihnen zu danken stärker gewesen, als das Wohlbehagen an meinem Zustande.

Natalie. Sie mir danken? nun wahrhaftig! die verkehrte Welt.

Felix. Ueberstandne Schmerzen vergessen sich leicht. Ihre Güte werde ich nie vergessen.
(Er verbeugt sich, und will gehen.)

Natalie. Ich bitte sie, Herr Wacker, noch einen Augenblick. — Ihre Grundsätze sind so strenge, als die des Mannes, den man den letzten unter den Griechen nennt —

Felix. Wenn, was Philopömen gethan, ihm leicht wurde, so habe ich wenigstens **darin** einige Aehnlichkeit mit ihm.

Natalie. Gestehen sie, daß auch edle Seelen Vorurtheile hegen —

Felix. Daß irgend ein Mensch auf Erden ohne Vorurtheil seyn könne, ist das größte Vorurtheil.

Natalie. Wer Dank mit Belohnung verwechseln kann —

Felix. Der hat nur die letztere verdient.

Natalie. Das Herz dankt, die Hand belohnt. Was aus den Händen eines Fürsten nur Anmerkung des Verdienstes wäre, bleibt in den Händen eines guten Menschen reiner Ausdruck seines Gefühls. Das erstere möge immerhin der stolze Mann verschmähn; das letztere darf er nicht ausschlagen, ohne dem Herzen weh zu thun, dem ein äußeres Merkmahl seiner innern Wärme Bedürfniß ist.

Felix. Die feinsten Empfindungen zergliedern zu können, war von je her ein Vorzug der Damen.

Natalie. Da Schmeicheley keine Widerlegung ist, so darf ich annehmen, daß sie nichts Gültigeres einzuwenden wissen. Meine Furcht, mißdeutet zu werden, ist verschwunden. (Sie zieht einen kostbaren Ring vom Finger) Ich wage ohne Verlegenheit die Bitte, dieses Andenken an ihre Freundinn nicht durch eitle Spitzfündigkeiten zu entweihn. (Sie will ihm den Ring aufdringen.)

Felix. Ein Andenken? bedarf es dessen? — ein Andenken an sie? ach! das Wort Freun-

Ding, das sie eben aussprachen, welcher Diamant wiegt es auf?! — Der Gedanke, ihr Retter gewesen zu seyn — welcher Diamant wird in trüben Stunden meiner Zukunft hellern Glanz in meine Seele werfen? Soll ich denn durchaus, so oft ich herab auf meine Hand blicke, mir zurufen: du bist bezahlt?

Natalie. Ueber das verhaßte Wort! nein! nein! dieser Ring soll — wenn das Schicksal uns trennt — ihnen die Gestalt einer Freundinn zurückrufen —

Felix. O! diese Gestalt grub kein Diamant in mein Herz!

Natalie. Der Nahmenszug ist von meinem Haar.

Felix. Ihr Haar, mit Brillanten umgeben, würde mich ewig daran erinnern, daß Natalie eine Gräfinn ist.

Natalie. Sie thun mir weh.

Felix. Das Schicksal hat nur Eine Blume auf meinen Weg gepflanzt; soll ich sie gegen diesen Ring vertauschen?

Natalie. Sie thun mir sehr weh.

Felix. Ein Andenken haben sie mir zugedacht — sie halten mich für keinen alltäglichen Menschen — warum denn mir ein so gewöhnliches Geschenk? — (Stotternd) Wie, wenn ich kühn genug wäre, sie selbst um eines zu bitten?

Natalie (sehr verwirrt.) Wenn ich es zu geben vermag —

Felix.

Felix. Es ist freylich kostbarer, als dieser Ring; denn es bezeichnet den Werth ihres gefühlvollen Herzens —

Natalie. Ich verstehe sie nicht —

Felix. Als in den ersten Tagen nach jener glücklichen Begebenheit, ein heftiges Fieber den Anschein meiner Gefahr vergrößerte, da haben sie, gnädige Gräfinn — Röschen ist mein Gewährsmann — da haben sie — Thränen um mich vergossen. — Natalie Thränen um den armen Felix! — diese Thränen können sie nicht wieder zurücknehmen; sie können mich nicht wieder arm machen; kein Unglück kann mir meinen Schatz rauben — Natalie hat um mich geweint! — der Arzt hat gut reden, ich weiß wohl, wem ich meine Genesung verdanke.

Natalie. Konnten sie an meiner Theilnahme zweifeln?

Felix. Ich habe Röschen ausgefragt; sie hat mir den kleinsten Umstand tausendmahl wiederhohlen müssen — sie trugen eine himmelblaue Schleife an ihrer Brust — diese Schleife wurde von ihren Thränen naß — es ist vielleicht die nähmliche, die sie jetzt tragen — sie haben mir ein Andenken zugedacht — — ich wage es nicht, weiter zu reden.

(Pause.)

Natalie (in großer Bewegung, nimmt die Schleife von ihrer Brust, und gibt sie ihm erröthend.)

Corfen. D

Felix (drückt die Schleife entzückt an seine Lippen, und stürzt fort.)

Natalie (steht betäubt.) Was hab' ich gethan! — was hat mein Herz gethan! — (Sie eilt ängstlich fort, und stößt auf Ottilien, der sie sich in die Arme wirft.)

Vierte Scene.
Natalie und Ottilie.

Natalie. Ottilie, liebe Ottilie! ich habe einen dummen Streich gemacht.

Ottilie. Natalie, liebe Natalie! ich habe deren wohl hundert in meinem Leben gemacht.

Natalie. Der junge Wacker war eben hier —

Ottilie. Der Anfang verspricht freylich nicht viel Kluges.

Natalie. Mein Vater empfing ihn sehr nachlässig, aber des Jünglings Edelmuth flößte ihm Achtung ein. Er schlug jede Belohnung aus.

Ottilie. Zu stolz für seinen Stand.

Natalie. Aergere mich nicht. Gerade nur den Armen kleidet Stolz.

Ottilie. Wie nahm es dein Vater?

Natalie. Wie ein Mann, der Menschenwerth fühlt. Er ging, und schüttelte ihm beym Abschied die Hand. Hörst du Ottilie? er schüttelte ihm die Hand. Hätte er ein Füllhorn voll Diamanten vor mir ausgeschüttelt, das würde mich nicht halb so froh gemacht haben.

Ottilie. Aber dein dummer Streich?

Natalie (mit einem comischen Seufzer.) Warte nur, wir kommen gleich daran. Als mein Vater fort war, standen wir beyde, und suchten die Worte auf der Erde. Ich wollte ihm diesen Ring schenken, und wußte nicht recht, wie ich es anfangen sollte. Ich machte ein langes Präambulum, erhielt aber doch einen Korb.

Ottilie. Und da erzürntest du dich? —

Natalie. Zürnen? über ihn? der so bescheiden bath, ihm das geringste Verdienst seiner Handlung nicht zu rauben — dem meine Busenschleife lieber war, als ein Ring von tausend Gulden?

Ottilie. Deine Busenschleife?

Natalie. Röschen hatte ihm erzählt, daß ich geweint, als er dem Tode nahe schien; daß meine Thränen auf die Schleife gefallen —

Ottilie. Ist das denn wahr?

Natalie. Nun freylich, bin ich denn ein Klotz, daß ich fühllos bleiben könnte, wenn ein Mensch für mich stirbt?

Ottilie. Und er forderte die Schleife?

Natalie. Mit halben Worten, so demüthig, so bescheiden —

Ottilie. Und du gabst sie ihm?

Natalie (seufzend.) Ich gab sie ihm.

Ottilie (warnend.) Schwesterchen! Schwesterchen!

Natalie. Das war ja eben der dumme Streich.

Ottilie. Ich fürchte, du wirst deren noch mehrere machen.

Natalie. Wenigstens habe ich viele Anlage dazu.

Ottilie. Selten läßt man es in der Liebe bey dem ersten dummen Streiche bewenden.

Natalie. Liebe?

Ottilie. Ja Liebe. Es ist meine Pflicht, dich zu warnen.

Natalie. Und die meinige dir zuzuhören.

Ottilie. Deine Empfindungen sehen der Liebe so ähnlich —

Natalie. Geschwister gleichen sich.

Ottilie. Du stehst an einem Abgrund!

Natalie. Noch schwindelt mir nicht.

Ottilie. Weil Rosen ihn verdecken.

Natalie. So halte mich.

Ottilie. Es gibt nur Ein Mittel, dich zu retten.

Natalie. Und welches?

Ottilie. Sey nie allein mit ihm.

Natalie. Ich kann doch nicht von ihm laufen!

Ottilie. In Zukunft werde ich dich begleiten wie dein Schatten.

Natalie. Thu' das, und wenn du mir zuweilen lästig scheinest, so kehre dich nicht daran!

Ottilie. Du magst brummen, wie du willst, ich hänge mich wie Bley an deinen Arm. Jetzt sage mir, hast du deines Vaters Geheimnisse erforscht?

Natalie. Ach! er wollte ihm zum Gerichtshalter machen.

Ottilie. Wen?

Natalie. Den jungen Wacker.

Ottilie. Mein Gott! ich rede von deinem Bruder.

Natalie. O, der befindet sich recht wohl.

Ottilie. Gewiß? hat er geschrieben?

Natalie. Ich glaube ja.

Ottilie. Du glaubst nur?

Natalie. Laß mich zufrieden, und sey ruhig. Mein Vater ist bey guter Laune, und folglich ist nichts vorgefallen, das dir Sorge machen könnte.

Ottilie. Aber warum verschweigt er uns? —

Natalie. Laß ihm die Grille. Jeder Mensch hat die seinigen; und er ist ein so guter, braver Mann! er hat dem jungen Wacker die Hand geschüttelt.

Ottilie. Wenn er nur nicht verwundet ist.

Natalie. Zwey Narben sind ihm nachgeblieben.

Ottilie. Narben?

Natalie. Die eine auf der Stirne, die andre auf der Wange.
Ottilie. Du hast ihn gesehn?
Natalie. Mein Gott! er war ja eben hier.
Ottilie. Dein Bruder?
Natalie. Ach! wer spricht denn von meinem Bruder? (Sie geht ab.)

Fünfte Scene.

Ottilie allein.

Nur Ein Gegenstand füllt ihre Seele. — Die Liebe ist ein verwöhntes Kind, das seinen Geschwistern nichts gönnt, alles für sich haben will. — Geduld, Ottilie! habe Mitleid mit fremder Schwäche. Auch du hast einen Bruder. — Vater und Bruder! und wie oft verdrängt des Gatten Bild das ihrige aus deinem Herzen! — (Sie lehnt sich schwermüthig ins Fenster) Schöner, ruhiger Morgen! lächle freundlich dem Greise, dem hier in weiter Ferne seiner reuigen Tochter Thränen fließen. — Wie die thätigen Winzer dort am Rebenhügel auf und nieder wimmeln. — Ihr froher Gesang tönt zu mir herüber. — Ach, es drückt sie weder Kummer noch Verbrechen! — War das nicht der alte Wacker, der eben hereintrat? — Ich fürchte den rauhen Mann — und doch interessirt er mich. — Sein Schicksal

— sein Vaterland — meine Vermuthung — wenn wir uns verstünden —

Sechste Scene.
Der Verwalter und Ottilie.

Verwalter (geht über die Bühne nach des Grafen Zimmer.)

Ottilie. Herr Wacker, auf ein Wort.

Verwalter. Was befehlen sie?

Ottilie. Zuvor bitte ich um Entschuldigung, wenn ihnen meine Frage unberufene Neugier scheinen sollte.

Verwalter. Betrifft diese Frage mich, so ist es schwerlich der Mühe werth neugierig zu seyn.

Ottilie. Sind sie ein Deutscher?

Verwalter. Ein Deutscher? — O ja, ich bin alles was sie wollen.

Ottilie. Sie weichen mir aus?

Verwalter. Ich bin sonst immer geradezu gegangen, habe mir aber den Kopf zerstoßen.

Ottilie. Nur ein näher Interesse konnte mich zu der Frage verleiten.

Verwalter. Interesse glaube ich jedem Menschen auf sein Wort, auch dann, wenn er es nicht sagt.

Ottilie. Nennen sie mir ihr Vaterland.

Verwalter (bitter lächelnd.) Vaterland? ich habe keines.

Ottilie. Aber hatten doch vielleicht?

Verwalter. Ich war einst so ein Thor es zu glauben.

Ottilie. Sollte ich mich irren, wenn ich sie für einen Corsen halte?

Verwalter (eine gewisse Verlegenheit verbergend.) Ja wahrlich! dann irren sie, denn es gibt keine Corsen.

Ottilie. Diese bittere Bemerkung bestätigt meinen Argwohn.

Verwalter. Gnädigste Gräfinn, wenn ihre Vermuthung wahr wäre, so würden sie edel handeln, wenn sie dieß Gespräch abbrächen.

Ottilie. Sie sind nicht glücklich?

Verwalter. Warum nicht? Ich bin in den Jahren, wo man begreifen gelernt hat, daß wir geboren werden um zu wünschen, und sterben um zu erlangen. Als ich noch ein kleiner Knabe war, verlangte ich einst von meiner Wärterinn, sie sollte mir den Mond herunter hohlen. Ich schrie, ich weinte, ich wollte durchaus mit dem Monde spielen. Jetzt sehe ich den Mond gelassen an, und es fällt mir gar nicht ein, ihn in die Tasche stecken zu wollen.

Ottilie. Große Kinder streben auch zuweilen nach Dingen, die noch entfernter liegen als der Mond. Und wer ist wenigstens nicht einmahl in seinem Leben ein solches Kind gewesen?

Verwalter. Einmahl ist verzeihlich, weil das Auge trügt, und Nähe oder Entfernung nur Resultate der Erfahrung sind. Wer aber mehr als einmahl sein Glück, sein Leben, seine Ehre an Tugend, Freyheit, Vaterlandsliebe setzt, — und wie die fernen Gestirne alle heißen, die über unsern Häuptern wandeln, und kaum einen geborgten Lichtstrahl matt herabsenden — nun, der verdient, wie Socrates, den Giftbecher, oder, wie der Sieger bey Marathon, den Tod im Schuldgefängniß. — Siehe da, ich bin warm geworden. Ich glaubte schon das Menschengeschlecht zu verachten, und leider hasse ich es nur.

Ottilie. Wäre ich ein Mann, so würde ich sie um ihr Vertrauen bitten.

Verwalter. Ihr Geschlecht würde mich nicht abhalten, denn ich bin weit öfter von Männern als von Weibern betrogen worden. — (Er spricht das Folgende mit unterdrückter Rührung.) Das einzige vollkommene Geschöpf, das ich auf Erden kannte, war ein Weib — und ihr Gesicht, gnädige Gräfinn, hat verwandte Züge mit dem Gesicht jenes Engels. Gäbe es nicht eine Gattung von Zutrauen, die der Klage so ähnlich sieht, als die Klage dem Betteln, dieses Auge, dieses wehmüthige Lächeln um den Mund, würden mir mein Geheimniß entlocken. Wer aber zwecklos durch sein Vertrauen eine gute Seele quält, um nur, wie der Guckguck, von sich selbst zu sprechen, der zerbricht seinen letzten Stab: das Gefühl der verborgenen Kraft, mit dem er sich zurufen kann: **ich trage schwer, und ihr seht es nicht.**

Ottilie (bewegt, redet ihn nach einer Pause, in Corsischer Sprache an.) Ich bitte meinen unglücklichen Landsmann um sein Vertrauen.

Verwalter (erschrickt heftig, geräth in Verwirrung, starrt sie an, spricht hastig: **der Graf hat mich rufen lassen,** und eilt fort.)

Siebente Scene.

Ottilie allein.

Ja, er ist ein Corse, und vielleicht mehr als er scheinen will. — Doch vornehm oder gering, das gilt gleichviel. In der Fremde wird jeder Landsmann uns merkwürdig, den wir zu Hause übersahn. Er spricht unsre Sprache, und seine Stimme ruft die Schattenbilder der Vergangenheit hervor. Wir sind verwandt mit ihm, wenn er auch nur einen Nahmen nennt, der uns lieb ist, eine Stadt, in der wir lebten, oder eine Gegend, wo wir froh waren. Wir sind verwandt mit ihm, weil er uns in die Kindheit zurückzaubert, wo man mit der ganzen Welt verwandt war, und jedem freundlichen Menschen mit der Patschhand entgegen kam. — Ich muß diesen räthselhaften Mann näher an mich ziehn. Ich muß die harte Rinde lösen, die betrogener Glaube an die Menschen um sein Herz zog. Vielleicht lohnt er mir die Beharrlichkeit durch Nachricht von meinem Vater! — vielleicht kennt er ihn — weiß von ihm! — hat ihn irgendwo angetroffen — O! mein Herz! klopfe nicht so ungestüm, es ist nur ein Vielleicht. (Ab.)

Achte Scene.
Lindenallee im Garten.
Felix allein.

Bin ich endlich allein? — sieht mich hier kein fremdes Auge? — die Menschen sind so neugierig, sie wollen alles sehn, alles wissen, und warum? um zu tadeln, zu spotten, oder ihre weise Meinung an den Mann zu bringen. Ist das geschehen, so kehren sie um und lungern weiter. — Nein, diese Schleife soll kein fremder Blick entweihn. Hier unter dieser Linde darf ich sie unbelauscht an meine Lippen drücken; hier darf ich die verloschenen Spuren der Thränen, die um mich geweint wurden, durch meine Freudenthränen wieder auffrischen. — Da, ruhe an meinem Busen; sey der Talismann der Tugend, gib mir frohen Muth im Leiden, und drücke mich schwer, wenn je ein unedles Gefühl das Herz entweiht, das unter dir klopft.

Neunte Scene.

Röschen und Felix.

Röschen. Finde ich sie endlich, Herr Wacker? ich habe sie den ganzen Vormittag gesucht.

Felix. So eben habe ich mich selbst erst gefunden.

Röschen. Selbst gefunden? sie scherzen; kann man sich denn auch selbst verlieren?

Felix. O ja.

Röschen. Ich habe mich in meinem Leben noch nicht verloren.

Felix. Der Himmel gebe, daß du das um zehn Jahr auch noch sagen kannst.

Röschen (rechnet an den Fingern.) Zehn und dreyzehn ist drey und zwanzig.

Felix. Was rechnest du?

Röschen. Und vierzehn wollt ich sagen. Gewiß, ich werde auf Petri Pauli vierzehn Jahr.

Felix. Schon so alt?

Röschen. Künftige Ostern gehe ich zur Beichte.

Felix. Was hat Röschen denn zu beichten?

Röschen. Je nun, meine Sünden.

Felix. Laß doch hören.

Röschen. Ey ia, das würde sich schicken.

Felix. Warum nicht?

Röschen. Sie sind viel zu jung.

Felix. Ich habe alte Bücher gelesen.

Röschen. Wenn auch, was gehn sie meine Sünden an? Sie können mir sie doch nicht vergeben.

Felix. Du sollst mir sie herzählen, damit du sie nicht vergißt.

Röschen. Einmahl, es war gerade Kirchweihfest, wir tanzten und schmausten, da habe ich unserm Stiglitz kein Futter gegeben, und da ist das arme Thier verhungert.

Felix. Ey, das war nicht gut.

Röschen. Nein, das war recht unbarmherzig. Ich habe auch recht viel darum geweint.

Felix. Weiter.

Röschen. Zweymahl habe ich der alten Liese Zucker in die Milch geworfen, daß sie den ganzen Tag vergebens gebuttert hat. Das thue ich aber auch nicht wieder.

Felix. Nun so mag es hingehn.

Röschen. Das Schlimmste kommt noch.

Felix. Das Schlimmste?

Röschen. Vorige Weihnachten zerbrach ich eine Schüssel — der Vater war böse — und — ich schäme mich es zu sagen — es war schlecht von mir — ich schob es auf die Magd.

Felix. Was geschah denn?

Röschen. Der Vater wollte der Magd eine Ohrfeige geben, aber lieber hätte ich ein Dutzend aushalten wollen. Ich schrie was ich konnte: halt! halt! ich habe es selbst gethan! Paff hatte ich die Ohrfeige weg, und es geschah mir ganz recht? nicht wahr?

Felix. Freylich.

Röschen. Ich habe es der armen Magd auch recht herzlich abgebethen.

(Natalie erscheint im Hintergrunde der Bühne. Als sie Felix und Röschen beysammen erblickt, kehrt sie um, kommt aber bald wieder und lauscht.)

Röschen. Es war doch auch recht einfältig von mir, daß ich ihnen den schlechten Streich erzählt habe. Nun werden sie mich gar nicht mehr lieb haben.

Felix. Das Unglück wäre eben nicht groß.

Röschen. O gewiß, ich bin ihnen herzlich gut. Als sie so krank waren, da habe ich wohl immer gelacht und geschäkert, wenn ich zu ihnen kam, aber daheim in meinem Kämmerlein gab es oft nasse Augen.

Felix. Wirklich? gutes Mädchen.

Röschen. Und die junge Gräfinn habe ich noch einmahl so lieb als sonst, weil sie so fleißig nach ihnen fragte, und immer nicht erwarten konnte, bis ich kam.

Felix (mit Reue.) That sie das?

Röschen. Einmahl — das habe ich ihnen noch nicht erzählt, sie hat mirs verbothen.

Felix. Geschwind! was?

Röschen. Sie müssen mich aber ja nicht verrathen.

Felix. Nein, nein.

(Natalie wird verlegen und entfernt sich, erscheint aber bald wieder.)

Röschen. Ich kann zwar nicht begreifen warum sie mirs verbothen hat —

Felix. Gleichviel, erzähle nur.

Röschen. Einmahl sind wir des Abends auf dem kleinen Hügel gewesen, dort neben den Kastanienbäumen; man kann von da in ihr Fenster schauen.

Felix. Ist das alles?

Röschen. Hat sie nicht gestanden wohl eine Stunde lang; aber die Vorhänge waren zugezogen.

Felix (seine freudige Bewegung verbergend.) Thörinn! es ist luftig auf dem Hügel.

Röschen. Ja, es war so luftig, daß mir die Zähne klapperten.

Felix. Der schöne Mondschein —

Röschen. Es war stockfinster. Nein, nein, so gar dumm bin ich nicht. Ich denke immer, es ist recht gut, daß die Gräfinn eine vornehme Dame ist, und daß sie nur Herr Wacker sind.

Felix. Warum das?

Röschen. Je nun, wenn die Gräfinn eine arme Gärtnerstochter wäre, so wie ich —

Felix. Was wäre denn?

Röschen. Arm kann ich gerade auch nicht sagen; ich bin wohl nur eine Gärtnerstochter, aber arm bin ich nicht. Mein Vater ist ein sparsamer Mann, er hat sich etwas gesammelt; wir könnten alle Tage ein feines Gut pachten.

Felix (in Gedanken versunken.) So?

Röschen. Und mein Vater ist ihnen auch recht gut.

Felix. So?

Röschen. Er sagt, sie schienen ein stiller, ordentlicher Mensch zu seyn; und — sagt er, es wäre Schade, daß sie sich nicht auf die Gärtnerey applicirten; und, sagt er, sie hätten schon allerley Kenntnisse davon, es käme nur darauf an, daß sie noch ein wenig zugestutzt würden; und, sagt er, er würde nach und nach alt, da wäre es ihm wohl recht lieb, wenn er jemand fände, auf den er sich verlassen könnte; und, sagt er, ich wäre noch zu jung, auf mich allein könnt' er sich nicht verlassen; und, sagt er, — ja, ich kann gar nicht alles sagen, was er sagte.

Felix (zerstreut.) So? und was sagst du denn?

Röschen (mit einem Seufzer.) Ich sage gar nichts.

Felix. Hat denn die kühle Abendluft euch nicht geschadet?

Röschen. Wir waren ja in der Stube, als er das sagte.

Felix. Sprachst du nicht von den Kastanienbäumen? und vom Hügel?

Röschen. Ja so die Gräfinn, an die dachte ich schon nicht mehr. Sie hat mir aufgetragen,

sie

sie zu bitten, sie möchten doch ja zu ihr kommen, wenn sie zum ersten Mahle ausgingen.

Felix. Und das sagst du mir jetzt erst?

Röschen. Wir haben so viel geplaudert — und ich dachte, sie wären auch gern bey mir. Sind sie denn nicht gern bey mir?

Felix. O ja, mein Kind.

Röschen. Nennen sie mich doch nicht ihr Kind. Das klingt so, als ob ich noch Wunder wie klein wäre. Auf Petri Pauli werde ich vierzehn Jahr alt. Schulzens Anne ist nur ein Jahr älter als ich, und ist schon Braut.

Felix. Wirklich?

Röschen. Jetzt muß ich nach Hause, sonst schmält der Vater. Adieu, lieber Herr Wacker.

Felix. Adieu, liebes Röschen.

Röschen. Sie sehen mich ja gar nicht an?

Felix (mit gezwungener Freundlichkeit sie anblickend.) Leb wohl! Leb wohl!

Röschen. Sehn sie die schöne Rose. Der Vater legte sie heute in mein Körbchen, ich sollte sie den Gräfinnen bringen, aber ich habe sie heraus stipitzt.

Felix. Für wen?

Röschen. Je nun — wenn sie mich darum bitten —

Felix. Wenn du mir sie gern gibst.

Röschen. Da, da. Ich habe sie selbst gepflückt, und mich brav dabey in die Finger ge-

Corsen. E

stochen. Aber das thut nichts, wenn es ihnen nur Freude macht.

(Sie nickt freundlich, und läuft seitwärts ab.)

Zehnte Scene.
Felix und Natalie.

(Während Felix im Selbstgespräch begriffen ist, nähert sich Natalie unwillkürlich, entfernt sich wieder, und kommt wieder näher.)

Felix. Sie kam mich zu sehn — glücklicher Camillo! — darfst du den stolzen Gedanken nähren, daß mehr als Mitleid in dieses Engels Busen für dich glüht? — Sie kam mich zu sehn! — auf jenem Hügel hat sie nach mir hinüber gelauscht — meiner gedacht — sich eine kühle Abendstunde mit mir beschäftigt — und ich ging heute noch an diesem Hügel vorüber, als sey er ein gemeiner Haufen Erde mit Bäumen bepflanzt? — Ach! ich wußte nicht, daß ihre Gegenwart ihn geheiligt hat! — ich wußte nicht, daß er mein Lieblingsplätzchen werden sollte, mein Bethaltar, von dem in jeder freundlichen Dämmerung heißes Flehn um Nataliens Glück empor zum Abendstern sich schwingen soll! — Natalie! Natalie! fort auf den lieben Hügel!

(Er wendet sich schnell, Natalie steht vor ihm. Er fährt heftig zusammen, zittert und schlägt die Augen nieder.)

Natalie (mit holder Scham blickt schüchtern nach ihm hin.)

Felix (wagt es, langsam die Augen zu ihr aufzuheben.)

Natalie (sieht ihn an mit unaussprechlicher Güte.)

Felix (stürzt vor ihr nieder, läßt die Rose fallen, ergreift ihre Hand, deckt sie mit wüthenden Küssen, springt auf und stürzt fort.)

Natalie (bleibt eingewurzelt stehn. Nach einer Pause bückt sie sich, die Rose aufzuheben. Seufzend steckt sie sie an ihre Brust, und entfernt sich langsam.)

Dritter Act.

Saal im Schlosse.

Erste Scene.

Röschen und ein Bedienter.

(Der Bediente ist im Zimmer beschäftigt. Röschen tritt weinend herein.)

Bediente.
Was fehlt ihr, Jungfer Röschen?
Röschen. Nichts.
Bediente. Sie weint ja?

Röschen. Was geht es ihn an?

Bediente. Es thut mir leid, wenn ich so ein hübsches Mädchen weinen sehe.

Röschen. Wenn ich hübsch bin, so geht es ihn auch nichts an.

Bediente. Ey wie unfreundlich!

Röschen. Wo ist Gräfinn Natalie?

Bediente. Bey ihrem Vater.

Röschen. Lieber Johann, sey er so gut, und rufe er sie her. Sage er ihr nur, ich hätte ihr etwas Wichtiges zu hinterbringen.

Bediente. Sie hat es zwar nicht um mich verdient, Jungfer, aber ich bin ihr doch gut, ich gehe schon. (Ab.)

Zweyte Scene.

Röschen.

Der Mensch spricht ich wäre hübsch. Ich glaube er lügt. Herr Wacker hat mir das niemahls gesagt. Wenn ich hübsch wäre, und nicht so dumm, er würde gewiß nicht fortreisen. — (Seufzend) Es ist recht fatal, daß die Welt so groß ist, und daß die Menschen so viel darin herumreisen können. Da gibt es Wasser und Berge, Wälder und Räuber, da kann er ersaufen, herunter stürzen, sich verirren, geplündert werden — oder wohl gar ermordet! — dann sehe ich ihn in meinem Leben nicht wieder! — Ach! wäre er doch lieber krank geblieben! — das waren gute Zeiten, als er noch krank war.

Dritte Scene.
Natalie und Röschen.

Natalie (hastig und erschrocken.) Was gibts Röschen? du weinst? Ach mein Gott! was ist vorgefallen?

Röschen. Er will fort.

Natalie. Wer?

Röschen. Der böse Mensch! kaum ist er gesund worden, so läuft er, als ob ihm der Kopf brennte.

Natalie. Wohin?

Röschen. Was weiß ich! die Welt ist ja leider groß genug.

Natalie. Reisen will er?

Röschen. Er packt schon ein.

Natalie. Heute noch?

Röschen. In einer Stunde.

Natalie. Geh Röschen, geschwind! sage ihm, er solle gleich in die Kastanienallee kommen, ich muß ihn sprechen.

Röschen. Er will sie aber nicht sprechen.

Natalie. Mich nicht sprechen?

Röschen. Nein. Erst habe ich ihn selbst gebethen: lieber Herr Wacker, sagte ich, bleiben sie doch bey uns, es geht ihnen ja recht wohl hier;

alle Leute haben sie lieb und ich vor allen, und die gnädige Gräfinn auch —

Natalie. Schwätzerinn! weiter!

Röschen. Da hat er gesagt: ich kann nicht bleiben! und da hat er sich vor den Kopf geschlagen, und etwas zwischen den Zähnen gemurmelt, davon ich nichts verstehen konnte. Als ich ihn seinen Mantelsack heraustragen sah, überfiel mich eine grausame Angst. Reden sie doch erst mit der gnädigen Gräfinn, bath ich ihn; sie sind ja kaum wieder hergestellt, haben ihre Kräfte noch nicht wieder; was soll denn daraus werden, wenn sie unter wildfremde Menschen kommen? bleiben krank liegen, in einem elenden Dorfe, vielleicht gar unter Ketzern, ohne Wartung, ohne Pflege, ohne Priester; nein gewiß, das wird die gnädige Gräfinn nicht zugeben. Reden sie mit ihr.

Natalie. Und er wollte nicht?

Röschen. Durchaus nicht. Ich habe schon zu viel mit ihr geredet, sagte er.

Natalie. Geh, laufe, beobachte ihn, weiche ihm nicht von der Seite, laß ihn nicht aus den Augen. Ich will mich losmachen. In einer halben Stunde bin ich selbst im Garten.

Röschen. Schon gut, ich klammre mich an seinen Arm, ich halte ihn beym Rockzipfel, und wenn er es übel nimmt, so sage ich, sie haben es befohlen. (Sie geht.)

Natalie (für sich.) Ach mein Gott! was soll ich anfangen.

Röschen (kehrt um.) Beynahe hätte ich vergessen, da ist ein Zettel an sie.

Natalie. Von ihm?

Röschen. Er schrieb ihn auf dem Hügel.

Natalie. Geschwind! (Sie entfaltet und liest abgewandt) „Der Elende, der Sie zu lieben wag„te, straft sich selbst, und flieht. Glücklich, wenn „Sie ihm verzeihen; stolz, wenn Ihr Mitleid „ihm folgt." (Sie ist in heftiger Bewegung, geht unentschlossen auf und nieder, reißt endlich ein Blatt aus ihrer Schreibtafel, schreibt einige Worte darauf, und gibt es Röschen) Gib ihm das.

Röschen. Wird er bleiben, wenn er das gelesen hat?

Natalie. Vielleicht. Wenigstens bis diesen Abend.

Röschen. Eine Galgenfrist.

Natalie. Mein Vater geht um neun Uhr schlafen. Gleich nach neun Uhr bin ich in der Kastanienallee.

Röschen. Und wenn er dann schon fort ist?

Natalie. Mädchen, wenn du mich lieb hast, so laß ihn nicht fort.

Röschen. Ey ja doch, wenn ich ihn halten könnte — ich habe sie recht lieb, und mich selbst noch lieber. (Sie läuft fort.)

Vierte Scene.

Natalie allein.

Was hab' ich gethan! — ein Rendez-vous — in der Abendstunde — wenn die Welt es erfährt — und, was mehr ist als das, mein Vater! — Angst und Liebe — Pflicht und Dankbarkeit — armes Herz!

Fünfte Scene.

Ottilie und Natalie.

Ottilie. Schwesterchen, der Vater brummt, daß du nicht zurück kömmst.

Natalie. Ach Ottilie! ich habe schon wieder einen dummen Streich gemacht.

Ottilie. Dachte ichs doch, daß es bey dem ersten nicht bleiben würde.

Natalie. Er will fort —

Ottilie. Dein Held?

Natalie. Er liebt mich —

Ottilie. Und gesteht es dir?

Natalie. Lies. (Sie reicht ihr den Zettel.)

Ottilie (nachdem sie gelesen.) Er handelt vernünftig.

Natalie. Mit eurer eiskalten Vernunft!

Ottilie. Er handelt edel.

Natalie. O ja, sehr edel. Einem armen Mädchen das Leben zu retten, ihm Kopf und Herz zu verwirren, und dann auf und davon zu gehen — sehr edel!

Ottilie. Was soll denn aus euch werden?

Natalie. Wenn er geht: aus ihm ein Bettler, und aus mir eine Schwindsüchtige.

Ottilie. Und wenn er bleibt?

Natalie. Wenn er bleibt! Ach Ottilie! wenn er bleibt! Zeit und Liebe haben schon manches Wunder bewirkt.

Ottilie. Armes Mädchen! wenn nur ein Wunder dich retten kann.

Natalie. Das einzige, was durch keine Schätze sich erkaufen läßt, besitzt er schon. Alles übrige kann man bezahlen.

Ottilie. Auch deines Vaters Segen? — du kennst ihn.

Natalie. Eben weil ich ihn kenne. Er liebt mich.

Ottilie. Vielleicht mehr noch seine Grundsätze, mit denen er grau geworden.

Natalie. Vorurtheile.

Ottilie. Desto schlimmer! man hängt gewöhnlich fester an Vorurtheilen als an Grundsätzen.

Natalie. Und soll ich dir bekennen, was ich träume?

Ottilie. Erst ein Wunder, nun ein Traum. O Liebe! Liebe!

Natalie. Spotte nicht. Diese geheimnißvollen Menschen sind mehr als sie scheinen. Die Art, wie der Alte hier Dienste suchte; der edle Stolz, mit dem er sich benahm; die Erziehung seines Sohnes, und tausend andere Kleinigkeiten, die sich nur fühlen lassen —

Ottilie. Alles wahr, und ich gestehe dir sogar, daß, wenn es ein Traum ist, ich selbst ein wenig mit träume. Aber —

Natalie. Spare dein Aber, bis ich ihn gesprochen.

Ottilie. Du wirst doch nicht —

Natalie. Warum nicht?

Ottilie. Wenn? wo?

Natalie. Diesen Abend, im Garten.

Ottilie. Und dein Vater?

Natalie. Der schläft.

Ottilie. Und der Wohlstand?

Natalie. Er hat sein Leben für mich gewagt, und ich soll nach der Uhr fragen.

Ottilie. Was willst du von ihm?

Natalie. Ich will wissen, wer er ist; ihn bitten mir seinen Stand zu entdecken.

Ottilie. Und wenn wir uns irren? wenn er Herr Wacker ist und bleibt?

Natalie. Dann — ach Schwester! — dann ist meine Ruhe auf immer verloren!

Ottilie. So rette wenigstens deinen guten Nahmen.

Natalie. Du sollst mit mir gehn, du sollst Zeuge seyn.

Ottilie. Wenn du es begehrst.

Natalie. Sein Herz und das meinige scheuen keine fremde Zeugen.

Ottilie. St! dein Vater kömmt. Den hatten wir ganz vergessen.

Sechste Scene.
Der Graf. Die Vorigen.

Graf. Holla Kinder! ihr laßt mich ganz allein.

Ottilie. Sie waren so vertieft in ihre Landkarten —

Graf. Ich mußte doch die Kriegsoperationen ein wenig in Ordnung bringen. (Scherzend) Ich habe ein Paar Brücken über die Donau geschlagen, und lasse ein Corps übersetzen, um den Feind in den Rücken zu nehmen.

Ottilie. Wäre es nicht besser, sie machten Friede?

Graf. Wenn der Feind einen so liebenswürdigen Vermittler sendet.

Ottilie. Die Zeitungen werden dann freylich weniger interessant seyn.

Graf. Aber die Ernte und die Weinlese desto interessanter.

Ottilie. Wenn Franz an ihrer Seite durch die Kornfelder schlendert —

Graf. Und statt der Türkenköpfe, mit seinem Säbel nur Distelköpfe mäht.

Ottilie. Noch immer, bester Vater, verschweigen sie mir, was sie von ihm wissen?

Graf. Noch immer, beste Frau Tochter.

Ottilie. Soll ich denn wieder eine schlaflose Nacht haben?

Graf. Nein.

Ottilie. Werd' ich noch vor Schlafengehn erfahren? —

Graf. Ja.

Ottilie. Ihre Hand darauf.

Graf. Topp! (Bey Seite) Er wird doch nicht ausbleiben? (Laut und schalkhaft) Ob sie aber deswegen besser schlafen werden, dafür kann ich nicht stehn. (Bey Seite indem er nach der Uhr sieht) Er könnte nun schon hier seyn. (Zu Natalien) Was stehst du denn da in der Ecke und maulst?

Natalie (aus tiefen Gedanken erwachend.) Ich — lieber Vater? —

Graf. Ja, du, liebe Tochter. Ich glaube, du hast von unserm ganzen Gespräch keine Sylbe gehört?

Natalie. Ich? — o ja.

Graf. Wovon haben wir geredet?

Natalie. Vom nahen Frieden.

Graf. Allerdings, der in **meinem** Cabinet geschlossen worden. Mädchen! Mädchen! was steckt dir im Kopfe? sonst hüpfst und trällerst du den lieben langen Tag; seit vier Wochen höre ich kein munteres Lied von dir.

Natalie. Ach! der Krieg — Bruder Franz —

Graf. Ey was! Krieg ist überall. Wo keine Soldaten zu Felde ziehn, da tödtet man ſich mit Schmausereyen, und sterben kann man auch auf einer Spatzierfahrt.

Natalie. Wie mein eignes Beyspiel fast bewiesen hätte.

Graf. Wäre der junge Wacker nicht gewesen —

Natalie (auflebend.) Ja wohl! wäre er nicht gewesen! —

Graf. Du hätteſt übel wegkommen können.

Natalie. O! ich wäre todt! gewiß ich wäre todt!

Graf. Es thut mir nur leid, daß —

Natalie (hastig.) Was lieber Vater?

Graf. Ich habe da mit dem Alten gesprochen —

Natalie. Wegen seines Sohnes?

Graf. Vater und Sohn sind wunderliche Heilige. — Herr Wacker, sagte ich, ihr braver Bursche hat eine gute That gethan. — „Das ich nicht wüßte," antwortete er mir ganz gleichgültig. — Zum Henker! er hat meiner Tochter das Leben gerettet. — „So höre ich, und es freut mich." — Nun? war das keine edle That? — „Nein; es gibt überhaupt keine solche, weil jeder Mensch bloß aus Eigennutz handelt."

Natalie. Ich hoffe, sie sagten ihm —

Graf. Ihr Sohn verlangt aber keine Belohnung?

Natalie. Und macht folglich eine Ausnahme von seiner menschenfeindlichen Regel.

Graf. Das gab er nicht zu. — „Interesse, sagte er, ist doch immer im Spiele, nur kein elendes, niedriges Interesse."

Natalie. Welches denn?

Graf. So fragt' ich auch. „Je nun, ant„wortete er mir, was weiß ich! das menschliche „Herz hat mehr Falten, als ein Fächer, läßt „sich aber nicht eben so leicht aus einander brei„ten. Die Gräfinn ist schön — verneige dich — „mein Sohn ist jung, hat Augen und ein Herz; „das ist oft allein schon hinlänglich."

Natalie (verwirrt.) Geschwätz.

Graf. Ich mußte lachen. Ja, sagte ich, wenn sie das Eigennutz schelten — „Was ist es denn „anders? den Einen ergetzt ein Klumpen Gold, „den Andern ein freundlicher Blick; beyde täu„schen nicht, und Jeder hätschelt doch nur sein „liebes Ich. Der ganze Unterschied ist der: daß „der Eine es mit Nektar speist, und der Andre „es mit grober Kost füttert." — So haben wir uns wohl eine Stunde lang herumgestritten; denn ihr wißt, ob ich gleich die Welt für ein elendes Machwerk halte, so habe ich doch die Menschen herzlich lieb.

Natalie. Er billigt also den Eigensinn des Sohnes?

Graf. Das Resultat war: „mein Sohn ist ein Egoist wie wir alle; aber wenn er den Selbst-

genuß seiner Handlung für irgend eine Beloh‑
nung verkauft, so ist er ein grober Egoist, und
nicht mein Sohn." — Kurz, unsre Dankbarkeit
muß ihn beschleichen, denn wenn sie vorher
anklopft, so schließt er die Thüre zu.

Natalie. Ich fürchte nur, er werde uns alle
Mittel rauben, denn — wie ich so eben durch
die dritte Hand erfahren — so will er uns ver‑
lassen.

Graf. Je nun, bleibt doch der Vater hier,
und ein guter Sohn ist reich belohnt, wenn er
Segen über seine Aeltern bringt.

Natalie. Freylich —

Graf. Der Vater soll es schon merken, daß
seines Sohnes That in unserm Andenken lebt.

Natalie. Sie wollen ihn also reisen lassen?

Graf. Warum denn nicht? ich kann ihn nicht
halten.

Natalie. Ohne Unterstützung? dem Mangel
preis gegeben?

Graf. Ich kann doch nicht an die Landstraße
treten, und, mit der Pistole auf der Brust, ihn
zwingen, Geld von mir anzunehmen? (Er sieht
nach der Uhr, schüttelt den Kopf, und murmelt) Hm!
hm!

Natalie. Wie spät ist es, lieber Vater?

Graf. Fast neun Uhr. (Bey Seite) Bald muß
er kommen.

Natalie (unruhig.) Schon so spät?

Graf (bey Seite.) Es wird doch nicht wieder ein Scharmützel dazwischen gefahren seyn?

Natalie. Werden sie heute soupiren?

Graf. Nein.

Natalie. Dann erlauben sie, daß ich ihnen eine gute Nacht wünsche.

(Sie will ihm die Hand küssen.)

Graf. Wohin? wohin?

Natalie. Ich bin so schläfrig —

Graf. Ach Possen! der Abend ist schön, die Luft erquickend. Ich habe in meinem Cabinet alle Fenster aufsperren lassen. Da will ich mich auf meinen Großvaterstuhl pflanzen, und du sollst mir noch ein Stündchen vorlesen.

Natalie (erschrocken.) Vorlesen?

Graf Ja, ja, vorlesen. Sie kommen mit uns, Frau Tochter, wir wollen recht vergnügt seyn.

Natalie. Verzeihen sie, lieber Vater, ich bin heiser — ich habe einen Katarrh —

Graf. So plötzlich?

Natalie. Schon seit drey Tagen.

Graf. Ich habe nichts davon bemerkt. Nun so wollen wir uns ins offene Fenster legen, und die Nachtigallen belauschen.

Natalie. Ins offene Fenster! die Abendluft —

Graf. Natalie, du weißt, ich kann das Zieren nicht leiden. Ein Mädchen in deinen Jahren muß sich in Thau waschen und in Nebel baden,

ohne

ohne daß es ihm auf die zarten Nerven fällt. Ohne Widerrede, ich erwarte dich. (Ab.)

Siebente Scene.

Natalie und Ottilie.

Natalie. Das ist was feines.

Ottilie. Was fangen wir nun an?

Natalie. Gleich nach neun Uhr versprach ich zu kommen.

Ottilie. Der Alte wird uns vor Mitternacht nicht weglassen.

Natalie (sinnt einen Augenblick nach.) Es bleibt nur ein Mittel übrig.

Ottilie. Welches?

Natalie. Du, liebe Ottilie, gehst an meiner Stelle.

Ottilie. Aber der Vater hat ausdrücklich verlangt, daß ich mitkommen soll?

Natalie. Ich will dich schon entschuldigen. Ich sage, dein Kind hat so viel geschrieen — es will nicht einschlafen — du bist unruhig — du wirst nachkommen —

Ottilie. Aber ich kenne den jungen Menschen gar nicht.

Natalie. So danke mir, daß ich dir Gelegenheit verschaffe, ihn kennen zu lernen.

Ottilie. Was soll ich ihm denn sagen?

Natalie. Was du willst. Was deine Freundschaft dir eingibt. Er soll mich erwarten, wäre
es auch bis Mitternacht.

Graf (ruft hinter der Scene.) Natalie!

Natalie. Gleich lieber Vater! — geh, geh
Schwester; ich lege meine Ruhe in deine Hände.
Lässest du ihn reisen, so mache ich den dritten
dummen Streich, und reise ihm nach. (Ab.)

Achte Scene.

Ottilie allein.

Das wäre freylich der dümmste. — Ich über-
nehme diesen Auftrag höchst ungerne. — Was soll
daraus werden? — was kann ich ihm sagen? —
Doch! doch! wenn er das ist, wofür Natalie ihn
hält, so ist meine Rolle — zwar nicht leicht —
aber bald gelernt. Ich will ihn bestärken in seinem vernünftigen Entschluß. Ich will ihn errathen lassen — wenn er es nicht schon errathen
hat — daß seine Gegenwart Nataliens Ruhe ge-
fährlich ist. Genug für einen edlen Jüngling, um
seine Flucht zu beschleunigen. — So kann dieser
Zufall die Mutter einer guten Handlung werden.
— Nebenher ist es mir wohl vergönnt, an mich
selbst zu denken. Ich will ihn ausforschen. Vielleicht ist der Sohn minder zurückhaltend, als der
Vater. — Er reist — vielleicht reist er in mein
Vaterland — kann Briefe mitnehmen — Nach-

forschungen anstellen — Geschwind, Ottilie, der Zufall scheint dir günstig. (Sie eilt fort.)

Neunte Scene.
Kastanienallee. Nacht. Mondschein.
Felix, dem Röschen folgt.

Felix. Ich bitte dich Röschen, laß mich allein.
Röschen. Ja, wenn sie mir versprechen, nicht davon zu laufen.
Felix. Ich verspreche dir, nicht vor Mitternacht zu reisen.
Röschen. Schwören sie darauf.
Felix. Bey meiner Ehre!
Röschen. Ach! das ist kein rechter Schwur. Schwören sie bey allen Heiligen.
Felix (lächelnd.) Nun gut, bey allen Heiligen.
Röschen. Wenn sie jetzt reisen, so brechen sie auf der ersten Station den Hals. (Ab.)

Zehnte Scene.
Felix allein.

(Er zieht Nataliens Zettel hervor.) „Wer „mich flieht, kann der mich lieben? — Wer „mich liebt, wird mir gehorchen. Erwarten Sie „mich um neun Uhr in der Kastanienallee." — Ja

Natalie, ich gehorche dir! — du willst mir die Trennung noch schwerer machen — aber es ist der erste Befehl, dessen du mich würdigest. Ich gehorche dir, und gälte es mein Leben! — Es rasselt — man kömmt — sie ist es — (Er thut einige Schritte entgegen, und stutzt) Ha! mein Vater!

Eilfte Scene.

Der Verwalter und Felix.

Verwalter. Sohn, was ist das? ich bemerke etwas ungewöhnliches an dir?

Felix. Wie so, lieber Vater?

Verwalter. Den ganzen Tag bist du herumgewankt wie ein Träumender; hast mir auf jede Frage zerstreut geantwortet; hast deine stieren Blicke an den Boden geheftet, oder mich mit einer Wehmuth angesehen, die ein Unglück zu weissagen schien. Endlich die Art, mit der du mir diesen Abend eine ruhige Nacht wünschtest — deine Hand zitterte, als du die meinige ergriffst — und — hat die Dämmerung mich nicht getäuscht, so sahe ich Thränen in deinen Augen?

Felix. Nicht doch mein Vater — nur zurückgebliebene Schwäche — ein Rest von Krankheit —

Verwalter. Camillo, du hast etwas vor.

Felix (immer unruhig um sich blickend.) Fürchte eine unedle Handlung von Ihrem Sohne?

Verwalter. Nein, aber du hintergehst mich.

Felix. Wie können sie vermuthen —

Verwalter. Du hast mir nichts zu sagen?

Felix. Die kühle Abendluft wird ihrer Brust schaden.

Verwalter. Bekümmere dich um mein Herz, und nicht um meine Brust. — Bin ich deines Vertrauens unwerth?

Felix. Welche Frage!

Verwalter. Bist du nicht mein Freund wie ich der deinige bin.

Felix. Welcher Zweifel!

Verwalter. Du weißt, wie und warum ich den Glauben an die Menschen verloren; soll ich auch den Glauben an meinen Sohn verlieren?

Felix. Nie! nie!

Verwalter. Du hast mir nichts zu sagen?

Felix (schweigt verwirrt.)

Verwalter. Sieh mich an — was soll dieser Brief?

Felix (erschrickt.) Dieser Brief —

Verwalter. Ein Brief an mich. Er ist noch unerbrochen. Warum schreibt der Sohn an den Vater? — Was ist es, das der Sohn dem Vater nicht unter die Augen sagen darf?

Felix. Kein Verbrechen! bey Gott! kein Verbrechen!

Verwalter. Dein heutiges Betragen ist mir aufgefallen. Ich ging zu Bett, und konnte nicht schlafen. Die Unruhe trieb mich wieder aus meinem Lager. Ein düstrer Argwohn führte mich in deine Kammer. Da finde ich einen Mantelsack vollgepackt mit Wäsche, und auf dem Tische diesen Brief. Ich will ihn erbrechen und kann nicht. Meine Kniee wanken. Ha! denke ich, ist das Maß meines Jammers noch nicht voll! sollte mein Sohn fähig seyn, den letzten, bittersten Tropfen hineinzuschütten? — Wenn das ist, so soll er mindestens auch die Kraft haben, es in meiner Gegenwart zu thun. — Ich ging und suchte dich. Hier steh ich nun. Nimm deinen Brief zurück, schlage deine Augen auf, und sage mir den Inhalt ohne Stottern.

Felix. Ich muß — ach Vater! — ich muß —

Verwalter. Reisen? nicht wahr? der Mantelsack sprach ja laut genug. Der alte, unglückliche, verbannte Vater lebt ewig; dem feurigen Burschen wird die Zeit lang. Ich Thor! der ich mir einbilden konnte, es gebe noch ein Geschöpf auf Erden, das mich in meiner Todesstunde nicht verlassen werde!

Felix. Hören sie mich!

Verwalter. Und so verlassen? heimlich verlassen?

Felix. Wahrlich! Sie selbst werden meinen Entschluß billigen.

...walter. Wärest du dessen gewiß, so würdest du nicht heimtückisch zu Werke gehn.

Felix. Nicht Tücke, nur Weichheit meines Herzens — die Furcht vor der Abschiedsstunde —

Verwalter. So sind die Menschen — auch die bessern — Eine Thorheit, ein Verbrechen — Warum nicht? wenn es nur mit abgewandtem Gesichte geschehen kann.

Felix. Wenn Timoleon sein Antlitz wendet, so bedauert man ihn.

Verwalter. Ohne Wortgepränge. Ich verlange Gründe.

Felix. Nun wohl — ich liebe die junge Gräfinn —

Verwalter. Ist das alles?

Felix. Sie liebt mich.

Verwalter. Thorheit!

Felix. Darf ich ihr meine Hand biethen?

Verwalter. Bettler!

Felix. Darf ich ihr sagen wer ich bin?

Verwalter. Rasender!

Felix. Was bleibt mir zu thun übrig?

Verwalter (nach einer Pause.) Flieh!

Felix. Mein Vater hat entschieden.

Verwalter. Halt! — täusch dich nicht. Wenn du wirklich überzeugt bist —

Felix. Ich bin es.

Verwalter. Wenn nicht bloß jugendliche Eitelkeit —

Felix. Sie ist keine Gefährtinn des Unglücks.

Verwalter. Woher kennst du ihre Gesinnungen?

Felix. Unzählige Beweise —

Verwalter. War es nicht Mitleid? oder Dankbarkeit?

Felix. So wähnt ich Anfangs.

Verwalter. Du hast deine Gefühle laut werden lassen?

Felix. Nur unsre Herzen erriethen sich.

Verwalter. Und eure Lippen?

Felix. Schwiegen.

Verwalter. So schweige, kämpfe, vermeide ihren Anblick und bleib.

Felix. Ich gehorche, wenn die reifere Erfahrung meines Vaters es gut heißt.

Verwalter. Es kommt hier nicht darauf an, was du leiden wirst.

Felix. Ich leide willig.

Verwalter. Nur die Ruhe der Tochter unsers Wohlthäters —

Felix. Eben diese wollte ich durch meine Flucht erkaufen.

Verwalter. Ob du einen Garten oder einen Welttheil zwischen euch setzest, das gilt gleich viel.

Felix. Wenn sie mich aber zu sehn begehrt?

Verwalter. Das wird sie nicht.

Felix. Wenn die Liebe schon über Wohlstand und jungfräuliche Schüchternheit siegte? — wenn sie im Dunkel der Nacht eine Unterredung mit mir begehrte?

Verwalter. Das wird sie nicht.

Felix. Vater, ich bin hier, auf Verlangen der Gräfinn.

Verwalter. (mißtrauisch.) Ohne dein Zuthun?

Felix. Bey dem Andenken meiner Mutter!

Verwalter. So entferne dich.

Felix (zögernd.) Was wird sie von mir denken?

Verwalter. Sie wird deine Redlichkeit segnen, wo nicht jetzt, doch einst.

Felix. Ach! mein Vater —

Verwalter. Du kannst nicht? wohl ich bleibe hier.

Felix. Ihre Gegenwart würde sie zu Boden drücken.

Verwalter. Besser sie schämt sich vor mir, als vor sich selbst.

Felix. Wer Kraft und Muth genug hatte, Vater und Geliebte zu verlassen, der wird auch in dieser Stunde nicht vergessen, was er Pflicht und Ehre schuldig ist.

Verwalter. Was wirst du ihr sagen?

Felix. Daß ich sie liebe.

Verwalter. Vortrefflich!

Felix. Ohne Hoffnung —

Verwalter. Und folglich ohne Vernunft.

Felix. Daß sie mich nie, nie wieder sehn wird —

Verwalter. Auch wenn du bleibst?

Felix. Auch wenn ich bleibe.

Verwalter. Schwöre es ihr.

Felix. Mit blutendem Herzen!

Verwalter. Und wenn sie jammert, wenn sie weint —

Felix. Ach Vater!

Verwalter. Sohn! wenn sie weint —?

Felix. Dann reiße ich mich los und fliehe.

Verwalter. Kannst du das?

Felix. Ich kann es.

Verwalter. Deine Hand —

Felix (gibt sie ihm.) So wahr ich ein Pompiliant bin!

Verwalter. Schände dein Geschlecht nicht. Armuth und Elend konnte dein Vater tragen, Schande würde ihn ins Grab stürzen.

Felix. Ich weiß, was ich meiner Herkunft und meinem Herzen sch u l b i g bin.

Verwalter. Noch nie hat ein Pompiliant die Unschuld verführt.

Felix. Und ihr Sohn sollte der Erste seyn?

Verwalter. Noch nie hat ein Pompiliant die Gastfreyheit mit Undank gelohnt.

Felix. Und ihr Sohn —

Verwalter. Mein Sohn wird seine Ahnen nicht beschimpfen.

Felix. Sondern recht handeln, auch wenn er ein Findling wäre.

Verwalter. Ich lasse dich allein mit ihr.

Felix. Dieß Zutrauen stärkt meinen Muth.

Verwalter. Prüfe sie; erforsche den Keim, aus dem jene Liebe, wie eine getriebene Pflanze, hoch herauf schoß. War es nur Mitleid oder Dankbarkeit, so wird eine redliche Erklärung die taube Blüthe abschütteln. Ist es aber mehr — hängt sie wirklich mit ganzer Seele an dir — und hat die Liebe da mit ihrem gewöhnlichen Leichtsinn zwey Herzen gepaart, die das Schicksal trennt — nun, dann sollst du fliehn; dann will ich meinen Kummer verbergen, mein hülfloses Alter vergessen, dich selbst hinaustreiben in die weite Welt, noch ehe der Morgen graut. — Ich werde nicht zu Bette gehn. Ich erwarte deine Zurückkunft. Mußt du reisen, so sollen ein Paar Diamanten deiner Mutter dich begleiten. Das, und mein Segen, ist alles, was ich dir mitgeben kann.

Felix. Nimmermehr mein Vater; ich bin jung, ich kann arbeiten —

Verwalter. Du wirst gehorchen. Ich sende dich nach Frankreich. Täuscht mich meine Vermuthung nicht, so gibt es dort bald Krieg gegen den Feind unsers Vaterlandes. Deine Erziehung ist vollendet. Du nimmst Dienste. Du brauchst Geld, um nicht wie ein verwiesener Bettler zu erscheinen. Wer weiß ob nicht das Glück dir lächelt, und der Segen deiner Mutter auf diesen Diamanten ruht. Du hältst dich brav — schwingst dich empor — rächst deinen Vater, der hier indessen für dich wacht. Besteht dein Herz und das ihrige die Feuerprobe der Trennung, so kehrst du einst als Pompiliant zurück —

Felix. Guter Vater! Sie geben mir mehr als Diamanten, sie geben mir Hoffnung mit auf den Weg.

Verwalter. Ich sehe eine weiße Gestalt die Allee heraufwandeln. Gedenke deiner Pflicht und unsrer Ehre. (Er entfernt sich.)

Zwölfte Scene.

Felix allein.

Sie kömmt! — aber nicht mit der Hastigkeit der Liebe — sie schwankt langsam von Baum zu Baum. — Jetzt steht sie und wendet ihr Gesicht nach dem Schlosse. — Hierher Natalie! hierher in den Schatten! — der Mond und dein Geistergewand werden dich verrathen. — Jetzt schwankt sie näher — Schutzgeist meiner Ehre! wache über dieß klopfende Herz.

Dreyzehnte Scene.

Ottilie und Felix.

Ottilie (zeigt sich in der Ferne und hustet.)
Felix. Hier bin ich, gnädige Gräfinn, stolz auf ihr Zutrauen, gerührt durch ihr Mitleid.
Ottilie. Mein Herr —

Felix. Das Andenken an diesen letzten Beweis ihrer Güte wird des Flüchtlings rauhen Pfad ebnen —

Ottilie. Welche Stimme!

Felix. Wird ihm in trüben Stunden Gefühl seines Werthes geben.

Ottilie. Mein Herr, ich bin nicht Natalie.

Felix (stutzt.) Nicht?

Ottilie. Meine Schwägerinn mußte zurückbleiben, um ihrem Vater Gesellschaft zu leisten.

Felix. Welche Stimme!

Ottilie. Sie sandte mich voraus, um —

Felix. Gott! jeder Ton weckt Erinnerungen in mir — darf ich wissen, wer die holde Unbekannte ist, mit der ich spreche?

Ottilie (mit Beklommenheit.) Jedes seiner Worte — mein Herr — jedes ihrer Worte —

Felix. Um Gottes willen! wer sie auch seyn mögen — ich hatte eine Schwester! —

Ottilie. Ich hatte einen Bruder —

Felix. Es ist ihre Stimme!

Ottilie. Es ist die seinige!

Felix (faßt sie hastig bey der Hand und zieht sie an eine vom Monde erleuchtete Stelle. Beyde sehen sich ängstlich an. Beyde rufen: du bist es! und sinken sich sprachlos in die Arme. Pause.)

Ottilie. Schöner Traum! entfliehe nicht!

Felix. Holde Erscheinung! verschwinde nicht!

Ottilie. Mein Bruder lebt!

Felix. Meine Schwester ist glücklich!

Ottilie. Mein Vater lebt!
Felix. Wir haben nichts verloren!

Vierzehnte Scene.

Graf Franz. Die Vorigen.

Franz (erscheint unbemerkt im Hintergrunde, und nähert sich immer mehr und mehr.)
Ottilie. Meines Herzens Ahndung hat mich nicht getäuscht!
Felix. Genua! diesen Schatz konntest du mir nicht rauben!
Ottilie. Darf die Reuige Verzeihung hoffen?
Felix. Sie darf.
Ottilie. Gott! so hast du den kühnsten meiner Wünsche erhört!
Felix. Sanfte Stimme! die mir zuletzt am Ufer der Garonne tönte.
Ottilie. Bin ich wirklich dir so nahe? komm an den Busen der trunkenen Zweiflerinn.
Felix. Geliebte Ottilie! (Sie umarmen sich mit Innigkeit.)
Franz (schreyt laut auf.) Gott! es ist mein Weib! (Er zieht den Degen, und rennt wüthend auf Felix los.)
Ottilie (wirft sich in seine Arme.) Mein Gemahl!
Franz (stößt sie von sich.) Fort Schlange!

Ottilie (krümmt sich am Boden, der Schrecken benimmt ihr die Sprache.) Franz — es ist —

Franz (zu Felix.) Hast du Waffen, so vertheidige dich!

Felix. Mensch! was beginnst du! sie ist meine Schwester! (Er sucht ihr aufzuhelfen.)

Franz (versteinert.) Seine Schwester? (Der Degen fällt ihm aus der Hand.)

Felix. Meine verlorne, meine wieder gefundne, meine geliebte Schwester!

Franz. Sie sind Pompiliani?

Felix. Ach! sie ist ohnmächtig!

Franz (schlägt sich vor die Stirn.) Was hab' ich gethan?

Felix. Hülfe! Hülfe!

Franz (wirft sich neben Ottilien auf die Kniee und faßt sie in seine Arme.) Ottilie! meine Gattinn! mein geliebtes Weib!

(Der Vorhang fällt.)

Vierter Act.

Der Schauplatz ist unverändert.

Erste Scene.

Franz. Ottilie und Felix.

Franz (steht und hält in einem Arm seine Gattinn, im andern seinen Schwager.)

Ottilie. Nun weißt du alles.

Franz. Und stehe schamroth vor dir.

Ottilie. Gelobe mir Besserung.

Franz. Ich gelobe dir ewige Liebe!

Ottilie. Keine Liebe ohne Zutrauen.

Franz (zu Felix.) Kaum wage ich es, nach einer solchen Scene um ihre Freundschaft zu bitten.

Felix. Das Glück meiner Schwester ist ihnen Bürge dafür.

Ottilie. Verdiene sie, mache deine Uebereilung wieder gut; rathe mir, hilf meinem Bruder.

Franz. Im Besitz von Nataliens Liebe bedarf er meiner Hülfe nicht.

Felix. Ach Schwester! wenn du dich irrtest —

Ottilie.

Ottilie. Bin ich nicht ihre Vertraute?

Franz. Fort nach dem Schloße! warum sollen wir die frohe Entdeckung bis morgen verschieben?

Ottilie. Aber — mein Vater —

Felix. Ich sehe seinen Schatten dort an der Hecke. Gewiß trieb die Unruh ihn aus der Hütte. Gewiß kommt er mich aufzusuchen.

Ottilie. O! so geht und laßt mich hier allein.

Franz. Allein?

Ottilie. Er suche den Sohn und finde die Tochter.

Franz. Gutes Weib! du wolltest wagen —?

Ottilie. Was wagt man denn mit einem Vater? ich habe ihn gefunden, erhört ist mein Gebeth! und ich sollte zögern seine Kniee zu umfassen?

Franz. Doch wenn er dich hart behandelt —

Felix. Das wird er nicht.

Ottilie. Und wenn auch; haben wir ihn nicht hart behandelt? — Geh Franz, sende mir mein Kind herab. Zwar schläft es schon, doch gleichviel. Der Anblick des schlafenden kleinen Engels wird meinen Bitten Kraft verleihn. Sein unschuldiges Lächeln und meine Thränen — geht! geht! mich dünkt er nähert sich.

Felix. Schwester, dein Plan ist gut. Sey standhaft, und poltert seine Zunge, so laß darum nicht ab von seinem Herzen. Ich kenne ihn.

Corsen. G

Franz (besorgt.) Doch wäre es besser, wir blieben in der Nähe —

Ottilie. Nein Franz! die Tochter bedarf keiner Leibwache um sich mit dem Vater zu unterreden. Geht!

Franz. Nun so segne Gott die nächste Stunde für uns alle! (zu Felix) folgen sie mir getrost.

Felix. Der Himmel lasse uns überall offene Herzen finden!

Franz. Auf das wir morgen fröhlich rufen: es war kein Traum einer schönen Sommernacht!

(Beyde ab.)

Zweyte Scene.

Ottilie allein.

Einen Plan nannte es mein Bruder? — nein, das Herz weiß nichts von solchen Kunstgriffen. — Er komme — er finde mich unvorbereitet — weg mit jeder studierten Wendung! — ich habe die Waffen der Natur, sie gab dem Kinde Thränen gegen den Zorn der Aeltern. — Was Angst und Liebe, Bewußtseyn meiner Schuld und Reue mir einhauchen — (Der Verwalter erscheint im Hintergrunde der Bühne.) Da ist er — (Sie zittert und hält sich an einen Baum) O weh mir! daß ich bey meines Vaters Erscheinung zittern muß!

Dritte Scene.

Ottilie und der Verwalter.

Verwalter. Camillo! bist du noch hier? — was ist das? ein Frauenzimmer? und ganz allein?

Ottilie. Herr Wacker —

Verwalter. Frau Gräfinn — wie kommen sie hierher?

Ottilie. Ihr Sohn —

Verwalter. Er sprach von einer Zusammenkunft —

Ottilie. Die nicht Statt gehabt.

Verwalter. Desto besser!

Ottilie. Meine Schwägerinn blieb bey ihrem Vater.

Verwalter. Das war brav. Nicht alle Väter haben solche Töchter.

Ottilie. Die Gefahren einer pflichtwidrigen Neigung —

Verwalter. O ich kenne sie, aber ich spreche nicht gerne davon.

Ottilie (bey Seite.) Gott! meine Zunge ist gelähmt!

Verwalter. Wo blieb mein Sohn?

Ottilie. Er ist nicht weit.

Verwalter. Ich will nicht hoffen, daß er sie etwa hier zurückließ, um mir seine Abreise anzukündigen?

Ottilie. Nicht doch — er ging — damit ich sie ohne Zeugen sprechen könnte.

Verwalter. Mich? ohne Zeugen?

Ottilie. Das Schicksal meiner Schwägerinn hat so viel Aehnlichkeit mit dem meinigen —

Verwalter. Mit dem ihrigen?

Ottilie. Sie liebt ohne Wissen ihres Vaters —

Verwalter. Das scheint jetzt Sitte unter den Töchtern zu werden.

Ottilie. Diese Begebenheit hat alle meine Wunden wieder aufgerissen —

Verwalter. Solche Wunden sollten eigentlich nie zuheilen.

Ottilie. Ich fühle mehr als jemahls das Bedürfniß mich einem Biedermann anzuvertrauen —

Verwalter. Wenn ich es bin, dem sie dieses Vertrauen schenken wollen —

Ottilie. Ja sie!

Verwalter. So bitte ich sie karg damit zu seyn.

Ottilie. Als Menschenfreund —

Verwalter. Das bin ich nicht. Aber ich war ihr Freund. Seit ich sie zum ersten Mahle sah, haben sie einen Eindruck auf mich gemacht, den ich — aus Mangel eines richtigen Wortes — Sympathie nennen will —

Ottilie (freudig.) Wollte Gott!

Verwalter. Ihre Gestalt, der Ton ihrer Stimme, ihre Sanftmuth, ihre mütterliche Liebe und eheliche Zärtlichkeit — kurz, alles, alles interessirte mich für sie —

Ottilie. O! Sie machen mich unaussprechlich froh!

Verwalter. Als sie mich heute in einer Sprache anredeten, die — warum soll ich es läugnen? — die mir nicht fremd ist —

Ottilie. Da flohen sie mich.

Verwalter. Ich floh; aber der Ton, mit welchem sie mich in vaterländische Gefilde zurückzauberten, gesellte sich zu ihrem Bilde, und kam nicht aus meinem Herzen.

Ottilie. Möchte er nie daraus weichen!

Verwalter. Ist das ihr Ernst, Gräfinn, und setzen sie einigen Werth auf die Achtung eines alten Mannes, so verschweigen sie mir ihre Geschichte. Sie würden einen strengen Richter an mir finden.

Ottilie. Sind Güte und Strenge unvereinbar?

Verwalter. Ich liebe so wenige Menschen auf der Welt, und mögte ungern die Zahl der wenigen noch vermindert sehn.

Ottilie. Die Fehltritte, durch Lieb' und Unbesonnenheit erzeugt —

Verwalter. Gerade ein s o l c h e r findet bey mir keine Nachsicht; denn, sie wissen es, Gräfinn, nicht bloß die H a n d l u n g e n des Menschen, sondern auch seine U r t h e i l e sind eigennützig: er verzeiht leichter ein V e r b r e c h e n, das ihn nicht kränkte, als eine **Unbesonnenheit**, die einst ihm **selbst** weh that.

Ottilie. Wenn aber der glücklichste Erfolg — zwar unverdient, doch darum nicht minder glücklich —

Verwalter. Nein, sie gehören nicht zu dem Pöbel, der Thaten bloß nach dem Erfolg beurtheilt.

Ottilie. Wenn selbst die Gattinn im Arm des Geliebten, wenn selbst die Mutter, von ihrem Säugling umschlungen, keine Ruhe findet, weil das Herz der Tochter blutet —.

Verwalter. So rächt sich die Tugend.

Ottilie. Wenn, von Ueberfluß umgeben, mir nur der Segen meines Vaters mangelt, und dieser Mangel mich zur ärmsten Dirne hinabschleudert —

Verwalter. Dann verdient ihre Reue Mitleid.

Ottilie. Wenn der bitterste Jammer sich in einsamen Nächten für die erlogene Heiterkeit rächt, hinter welcher er sich am Tage verbergen mußte — wenn ich mein Kind in Thränen habe, indem ich ihm eine Brust ohne Nahrung reiche, die der Kummer austrocknet — wenn ich bey dem mindesten Anschein einer Gefahr zittere, weil das Vertrauen auf Gott aus meinem geängstigten Gewissen floh — (Sie schluchzt.)

Verwalter (bewegt.) Dann bedaure ich sie.

Ottilie. Und entschuldigen mich?

Verwalter. Nein.
Ottilie. O! wenn sie mein Vater wären —
Verwalter. Ich würde einer Unglücklichen nicht fluchen.
Ottilie. Und mir verzeihn?
Verwalter. Nein.
Ottilie. Auch dann nicht — wenn sie, gleich dem meinigen, ihr Kind von Jugend auf von sich entfernt gehalten? — es seit dem vierten Jahre nicht gesehn hätten?
Verwalter (stutzt.) Seit dem vierten Jahre?
Ottilie. Wenn sie die Liebe ihres Kindes bloß von der Natur gefordert, und nicht durch Vatersorgen und Zärtlichkeit mit sanfter Gewalt errungen hätten? —
Verwalter (unruhig.) Seit dem vierten Jahre?
Ottilie. Ich würde mich hassen, wenn ich mein Versehn bemänteln könnte, aber das darf ich in dieser feyerlichen Stunde bey der Asche meiner Mutter betheuern: ich würde meinen Vater nicht verlassen haben, wenn er mich nicht verlassen hätte!
Verwalter (immer unruhiger.) Sie sind eine Corsin?
Ottilie (stockend.) Meine Mutter —
Verwalter. Ihre Mutter? —
Ottilie. Meine Mutter war eine Corsin.
Verwalter. Also nicht ihr Vater? nicht sie selbst?

Ottilie. Meine Mutter war — eine Verwandtinn von ihnen —

Verwalter. Von mir? — Sie kennen mich?

Ottilie. Ihr Sohn —

Verwalter. Der Unbesonnene!

Ottilie. Sie liebten einst meine Mutter —

Verwalter. Wie nannte sie sich?

Ottilie (zitternd.) Sie war eine geborne Morosini —

Verwalter. So hieß mein Weib!

Ottilie. Sie vermählte sich — dem edlen — Pompiliani — (Sie sinkt in die Kniee.)

Verwalter. Was ist das?

Ottilie (ganz erschöpft, ziebt ein Miniatur=Portrait aus dem Busen.) Mutter! Mutter! sprich du für deine arme Tochter!

(Sie reicht ihm wimmernd das Portrait.)

Verwalter (reißt es ihr mit Hastigkeit aus der Hand, und eilt aus dem Schatten zu einer vom Monde beleuchteten Stelle. Hier betrachtet er zitternd das Gemählde — seine Augen füllen sich mit Zähren — er versucht es einige Mahl, einen strengen Blick auf Ottilien zu werfen — sie breitet zitternd ihre Arme aus — er trocknet seine Augen und lehnt sich voll Wehmuth an einen Baum.)

Ottilie (erhebt sich mühsam vom Boden, und naht sich schüchtern.) Vater!

Verwalter (abgewandt.) Nenne mich nicht so.

Ottilie. Ich büße streng —

Verwalter (bitter.) Im Schooß der Freude.

Ottilie. Gott zählte meine Thränen —

Verwalter. Und wog deine Thaten.

Ottilie. Vergebung der Reuigen!

Verwalter. Gib mir die Stunden zurück, die mir der Kummer zu Jahren ausdehnte.

Ottilie. Vergebung mein Vater!

Verwalter. Gib mir meine zerstörte Gesundheit zurück.

Ottilie (knieet und ringt die Hände.)

Verwalter. Die Gräfinn vergißt, daß ihr Verwalter vor ihr steht.

Ottilie. Sie strafen mich hart!

Verwalter. Ein Verbannter, auf dessen Kopf ein Preis gesetzt wurde. Geh, verrathe mich deinem Verführer. Wer die Tochter stahl, kann ja wohl, um schnöden Gewinnst, den Vater morden.

Ottilie. O! das ist grausam!

Verwalter (auf das Bild blickend.) Gutes Weib! ihr erstes Lallen war dein letzter Seufzer! daß sie meines Alters Trost werde, dein letzter Wunsch!

Ottilie. Er sey erfüllt! Geist meiner Mutter! belebe noch einmahl deine holden Züge! blicke sanft aus diesem freundlichen Auge! blicke tief bis in das Herz meines Vaters!

Verwalter. Und sieh, wie es sich verblutet hat.

Ottilie. Kann denn nichts diese Brust erschüttern! dieses Herz erweichen! nicht der Mutter

Lächeln, nicht der Tochter Reue! (Sie erblickt im Hintergrunde die Wärterinn mit dem Kinde) O! so komm du, mein Sohn! dein Lallen wird ihn rühren. (Sie springt auf, nimmt das Kind auf ihre Arme, eilt zurück, und knieet schluchzend nieder.)

Verwalter (erschüttert.) Was ist das?

Ottilie. Du schlummerst? — O schlafe nicht! gib einen Ton von dir, Knabe! einen Ton des Jammers! der in deines Großvaters Herz bringe.

Verwalter (wider Willen auf sie herab sehend.) Ottilie! — Ist das dein Kind?

Ottilie. Es ist mein Kind! es ist ihr Blut!

Verwalter (sanfter.) Laß es wegbringen.

Ottilie. Ohne ihren Segen?

Verwalter (besorgt.) Der Nebel — die Kälte — das arme Kind —

Ottilie. Es ist nicht arm, wenn sie es lieben! es wird nicht krank werden, wenn sie es segnen!

Verwalter (nach einer Pause, in welcher er mit sich kämpft.) Es ist ein Knabe?

Ottilie. Ein Knabe, der noch nicht seine Hände falten kann, den aber vielleicht das Schicksal zum Rächer seiner Familie erkohr —

Verwalter (den dieses Wort trifft.) Vielleicht — (mit Nachdruck) Vielleicht! — Steh auf. — (Nach einer Pause) Lege das Kind auf meine Arme.

Ottilie (thut es mit freudigem Zittern.)

Verwalter (blickt wehmuthsvoll auf das Kind herab.)

Ottilie. Mein Kind ist auf meines Vaters Armen! das ist der froheste Augenblick meines Lebens!

Verwalter. Trockne ihm die Thräne weg, die da auf sein Gesicht herabfiel.

Ottilie. O nein! nein! mit dieser Thräne auf des Kindes Wange hat mein Vater die Schuld der Mutter ausgelöscht!

Verwalter. Nun ja, du hast gesiegt — die Natur war mit dir im Bunde — Gott segne dieß Kind! (Er gibt es der Wärterinn, die sich, ohne Aufmerksamkeit zu erregen, entfernet.) Und — um deiner Mutter willen — verzeih ich dir.

Ottilie (stürzt in seine Arme.) Und meinem Gatten?

Verwalter. Er hat mein Herz und meine Ehre verwundet.

Ottilie. Er ist des Kindes Vater!

Verwalter. Laß mir Zeit mich auf seine Ankunft vorzubereiten.

Ottilie. Er ist schon hier, und harret mit Sehnsucht ihres väterlichen Winkes.

Verwalter (nach einer Pause.) Wohlan! ich will ihn sehn.

Ottilie (mit frohem Entzücken.) Weg ist der Felsen, der meine Brust zermalmte! die Liebe meines Vaters hat ihn abgewälzt! Ich athme wieder frey! ich weine, aber es sind süße Thränen! — Wehe! wehe dem Kinde! das mit Vaterfluch belastet noch wähnen kann, es gebe ein Glück auf Erden!

Verwalter. Ich will ihn sehn, und prüfen; ihn prüfen, ob er werth sey, einen Pompiliani Vater zu nennen. (Er reicht ihr die Hand) Komm, führe mich.

Ottilie (drückt die väterliche Hand feurig an ihre Lippen.) Gott! Gott! ich führe meinen Vater! (Beyde ab.)

Vierte Scene.

Zimmer des Grafen. Auf dem Tische liegen mehrere Bücher.

Der Graf und Natalie.

Graf. Lies, mein Kind.

Natalie (gähnt.) Ich bin so schläfrig.

Graf. Ich bin noch ganz munter. Lies, wähle dir selbst ein Buch.

Natalie. Ach lieber Vater, das sind ja lauter dumme Bücher.

Graf. Kannst du bessere machen?

Natalie. Ich glaube beynahe.

Graf. Du räsonnirst wie ein Recensent. Zur Strafe sollst du noch eine ganze Stunde lesen.

Natalie (greift unmuthig nach einem Buche, und liest den Titel.) „Historische Todespost."

Graf. Nein, die laß nur weg, die kommt immer zu früh.

Natalie (ergreift ein anderes.) „Schatzmeister aller Complimente."

Graf. Die brauchen wir nicht auf dem Lande.

Natalie (blättert in einem andern.) „Nachrichten von Poltergeistern."

Graf. Die Türken sind unsre Poltergeister.

Natalie. Sie sehen, lieber Vater, ihr Buchhändler hat ihnen lauter Dinge geschickt, die nicht einmahl zum Einschläfern taugen.

Graf. Es sind die neuesten Meßproducte.

Natalie (steht auf.) Ich werde sie morgen durchblättern, und wenn ich etwas Interessantes finden sollte —

Graf (schlägt selbst ein Buch auf.) Hier ist ein Opiat: „Auserlesene Curiositäten merkwürdiger Traumtempel." Da lies mir doch geschwind ein Paar Träume vor.

Natalie. Ach Gott! ich träumte beynahe selbst schon.

Graf. Das thut nichts.

Natalie (nimmt ungeduldig das Buch und liest.) „Johannes Oporinus, der berühmte Buchdruc„ker zu Basel, träumte, daß ihm eine Schlag„uhr vom Haupte auf die Brust fiele, die einen „gar lieblichen Klang von sich gebe. Bald her„nach hat ihn der Schlag getroffen."

Graf (gähnend.) Ey, ey.

Natalie. Haben sie an diesem Pröbchen noch nicht genug?

Graf (schalkhaft.) Lies nur weiter.

Natalie (ärgerlich, liest.) „Ein vornehmer Mann träumte, daß sein Sohn aus der Schlacht zurückkäme" — Ich höre jemand hastig durch das Vorzimmer gehn.

Graf (springt auf.) Natalie, der vornehme Mann bin ich. Mein Traum geht in Erfüllung.

Natalie. Wie? es wird doch nicht — Bruder Franz?

Graf. Da ist er.

Fünfte Scene.

Franz. Die Vorigen.

Franz (stürzt herein in seines Vaters Arme.)

Graf. Willkommen braver Junge.

Natalie. Willkommen Bruder!

Franz. Gott grüße sie, bester Vater! Gott grüße dich, Schwester!

Graf. Was machen die Türken?

Franz. Sie rufen Allah! und heilen sich die Wunden.

Natalie. Hab' ich doch kein Pferdegetrappel auf dem Hofe gehört?

Franz. Ich schlich durch den Garten, um euch zu überraschen.

Natalie. Nun weiß ich, lieber Vater, warum sie heute gar nicht zu Bette gehen wollten.

Graf. Fast hätte es mir auch zu lange gedauert.

Franz. Daß ich nicht früher kam, daran ist meine Schwester Schuld.

Natalie. Ich?

Franz. Ja du. Ich habe dir einen Freyer von der Landstraße mitgebracht.

Natalie. Es wird ihn jemand verloren haben; wir wollen ihn in die Zeitungen setzen lassen.

Franz. Er hat sein Herz verloren, das hofft er bey dir wieder zu finden.

Natalie. Ist deine Schwester denn so alt und häßlich, daß sie sich einen Freyer an der Landstraße betteln muß?

Franz. Ich bringe ihn dir auf dein Zimmer. Lieber Vater, theilen sie meine Freude; ich habe durch den glücklichsten Zufall meinen Schwager gefunden.

Graf. Den jungen Pompiliani?

Franz. Ihn selbst. Er hat mich brüderlich umarmt.

Graf. Und sein Vater? — denn deine Frau hat mir alles bekannt.

Franz. Er wird nicht unerbittlich seyn.

Graf. Wenn er so schwach ist als ich.

Franz. Und ein Herz hat gleich dem ihrigen.

Natalie. Meinen Glückwunsch, Herr Bruder, empfängst du morgen. Jetzt vergib mir. Ich kann die Augen kaum mehr offen halten. Gute Nacht.

Franz. Bleib, meine Erzählung geht auch dich an.

Graf. So bleib doch und höre.

Natalie (sehr unruhig.) So laß mich wenigstens deine Gattinn rufen.

Franz. Das hat noch Zeit.

Natalie. Vortrefflich! ein kühler Ehemann.

Graf. Ey, ey, Franz, das gefällt mir nicht.

Franz. Ottilie verzeiht mir um ihres Bruders willen.

Natalie. Ich zweifle.

Franz. Mein Schwager setzt einen Preis auf seine Freundschaft.

Natalie. Sehr eigennützig.

Franz. Einen Preis, den du entrichten sollst.

Natalie. Ich?

Franz. Er begehrt dich zum Weibe.

Natalie (spöttisch.) Viel Ehre.

Graf (verdrießlich.) Wozu die Possen?

Franz. Kann mein Vater glauben, ich sey im Stande, die erste frohe Stunde des Wiedersehens durch Possen zu entweihn?

Graf. Wie? du sprächst im Ernst?

Franz. Im ganzen Ernst.

Natalie. Desto schlimmer!

Franz. Pompiliani ist ein wackerer Jüngling, glühend für Ehre und Tugend.

Natalie. Laß ihn glühen, wenn er nur nicht für mich glüht.

Franz. Er liebt dich.

Natalie. Vermuthlich bin ich ihm im Traum erschienen?

Franz. Er ist freylich arm —

Graf. Ein Biedermann ist nie arm. Du kennst mich. Aber deine Schwester —

Natalie. Ich liebe die unsichtbaren Sylphen nicht.

Graf.

Graf. Die Leute müssen sich doch erst sehn, erst kennen lernen.

Franz. Erlauben sie, daß er hereintrete?

Graf. Wie? er ist hier?

Natalie. Er ist hier? Bruder, ich glaube, du bist von Sinnen.

Franz. Ich verstehe. Du möchtest dich erst putzen —

Natalie (ungeduldig.) Auskleiden will ich mich, und schlafen legen.

Franz. Fürchte nichts, dein Negligée ist reitzend. Was gilt die Wette, du eroberst ihn?

Natalie. Aber ich will ihn nicht erobern! Bruder, ich bitte dich, laß mich zufrieden.

Franz. Schwester, sey vernünftig. Ich verlange ja nichts weiter von dir, als daß du ihn heirathen sollst.

Natalie. Eine Kleinigkeit, wahrhaftig! aber ich will ihn nicht heirathen!

Franz. Du mußt.

Natalie. Mein Vater wird mich nicht zwingen.

Graf. Bewahre der Himmel!

Natalie. Nun dann, ich will nicht! ich will nicht! und wenn er ein Adonis wäre!

Franz. Man muß nichts verschwören.

Natalie. Aber ich schwöre —

Franz. Halt! halt! (Er geht und öffnet die Thüre) Treten sie näher, armer Pompilian! Meine Schwester ist ein widerspenstiges Geschöpf, sie will durchaus nichts von ihnen wissen.

Corsen.

Sechste Scene.

Felix. Die Vorigen.

Natalie (schreyt bey seinem Anblick laut auf.)

Graf. Was ist das? Unser junger Kostgänger?

Felix. Herr Graf, die Güte, mit welcher sie die Schwester behandelten, gibt dem Bruder Muth, unter seinem wahren Nahmen vor ihnen zu erscheinen.

Graf. Ein so wackerer Jüngling ist unter jedem Nahmen willkommen

Franz (schalkhaft.) Ist das wahr, Natalie?

Felix. Gnädige Gräfinn, lassen sie meine Bescheidenheit nicht den Muthwillen ihres Bruders entgelten.

Natalie. Mein Herr —

Graf. Aber Kinder, wie ist denn das? macht mich doch klug. Also sie sind Pompiliani? und folglich wäre ihr Vater mein Verwalter?

Felix. Wir hatten das Glück einen Freystatt in ihrem Hause zu finden.

Graf. Der Held Pompiliani Verwalter auf meinen Gütern! Potz Element! das ist zu toll!

Felix. Der Verbannte, der Geächtete, der den Genuesern ein neues Verbrechen ersparte, indem er sich ihren Nachstellungen entzog.

Graf. Aber er hätte auch mir die Schamröthe ersparen sollen.

Felix. Der Bettler, dem von allen seinen Reichthümern nichts übrig blieb, als die Kennt-

niß der Landwirthschaft, die er sich einst auf eignen Gütern erworben.

Graf. Ey nun, hat er seine Güter verloren,
so hat er die meinigen gefunden. Haben Freunde ihn betrogen, so soll ein Fremder ihn mit der
Menschheit wieder aussöhnen. Wir wollen nun
eine Familie ausmachen.

Franz. Hörst du Natalie? Nur eine Familie?

Natalie (noch immer in der peinlichsten Verwirrung.) Schweig.

Graf. Wie ist's, Natalie! die Dankbarkeit
gegen den Retter deines Lebens ist plötzlich ver-
stummt?

Natalie. Dankbarkeit muß nicht reden.

Graf. Sondern h a n d e l n? — Nun so
handle.

Natalie (blickt schüchtern und forschend nach ihrem Vater.)

Graf (nickt ihr zu.) Ja, ja, in Gottes Nahmen!

Franz (da Natalie noch immer zaudert.) Soll
ich dir heißen?

Natalie. Du bist unausstehlich, (zu Felix)
mein Herr —

Franz. Der Eingang verspricht wenig.

Felix. Gnädige Gräfinn —

Franz. So kommt ihr in euerm Leben nicht
zum Ziele.

Natalie. Werden sie noch reisen?

Franz. Eine verbindliche Frage.

Felix. Die Ursachen meines Entschlusses be‑
stehen noch.

Franz. Es scheint doch, daß sie sich schon
kennen.

Natalie. Es waren nicht die Ursachen, über
welche ich zürnte —

Graf. Du zürntest? davon weiß ich ja nicht
ein Wort.

Felix. Das Glück meiner Schwester berech‑
tigt mich nicht —

Franz. Hier ist nur von den Verdiensten des
Bruders die Rede.

Natalie. Das war einmahl ein vernünftiges
Wort.

Franz. Wir haben keine Zeit mehr zu Thor‑
heiten; es ist bald Mitternacht.

Graf. Der Schlaf scheint dir vergangen zu
seyn, Natalie?

Franz. Kurz und gut, welchen Lohn hat der
Retter deines Lebens verdient?

Natalie. Jeden, den er fordern wird.

Franz. Wohlan Herr Schwager! so fordern
sie.

Felix. Nichts oder Alles.

Franz. Verneige dich Schwester, deinen Be‑
sitz nennt er Alles.

Natalie. Möchte er immer so denken!

Felix. Möchte mein Herz offen vor ihnen
liegen!

Franz. Nun dem Himmel sey Dank! endlich
rücken wir dem Ziele näher.

Natalie. Wenn Herr Wacker — wenn Pompiliant mir verspricht — nicht zu reisen —

Felix (ergreift entzückt ihre Hand.) Ich verspreche es!

Natalie (in holder Verwirrung.) So —

Franz. Nun? So? —

Natalie (sich mit sanfter Gewalt loswindend.) So kann ich ruhig schlafen gehn. Gute Nacht, lieber Vater! (Sie will entschlüpfen.)

Graf. He! Natalie!

Natalie (schon an der Thür.) Erlauben sie —

Graf. Willst du nicht das Traumbuch mitnehmen?

Natalie. Wozu?

Graf. Wenn du etwa nicht schlafen kannst, und Langeweile hast.

Franz (der eben ein anderes Buch aufschlägt.) Geben sie ihr lieber die **Nachrichten von Poltergeistern**.

Natalie. Ich wünschte Bruder, du studiertest den **Schatzmeister aller Complimente**, so würdest du bescheidener mit deiner armen Schwester umgehn.

(Sie läuft fort.)

Graf. Umarmen sie mich, lieber Sohn.

Felix. Großmüthiger Mann!

Graf. Wo ist ihre Schwester?

Felix. Hoffentlich bereits in den Armen meines Vaters.

Graf (zu Franz.) Hat er auch dir verziehn?

Franz. Ich vertraue auf die Stimme der Natur.

Graf. Du sahst ihn noch nicht? -

Franz. Weib und Kind sollen mir zuvor den Weg zu seinem Herzen bahnen.

Graf. So gehe und thue deine Pflicht.

Franz (will gehen.) Ha! da ist er!

Siebente Scene.

Der Verwalter. Ottilie. Die Vorigen.

Ottilie. Franz! mein Franz! er hat uns verziehn!

Franz (ergreift seine Hand.) Darf ich mit kindlicher Ehrfurcht —

Verwalter. Halt! junger Mann. Verzeihn sie, Herr Graf, daß ich so spät —

Graf (reicht ihm die Hand.) Ein Paar Jahre früher wäre mir freylich lieber gewesen.

Verwalter. Es sind hier Dinge vorgefallen —

Graf. Ich bitte um Gnade für meinen Sohn.

Verwalter. Seit ich ein Bettler wurde, ist meine Ehre noch empfindlicher —

Graf. Unsre Kinder appelliren nicht an die Ehre, sondern an unsre Herzen. Lassen sie uns im sichern Hafen des Sturms vergessen. Mein Sohn ist der ihrige, ihr Sohn wird der meinige.

Verwalter. Man hat mir nicht zu viel von der Ungarischen Großmuth gerühmt.

Graf. Ich bin ein reicher Mann, ich habe genug für uns alle.

Verwalter. So lange ich Wohlthaten bedarf, nehme ich keine Wohlthat an.

Graf. Sie sollen mir einst alles ersetzen.

Verwalter. Womit?

Graf. Nicht immer wird ihr Vaterland unter der Tyranney seufzen. Man wird ihre Rechte geltend machen —

Verwalter. Wer?

Franz. Ich! ich, mein Vater! Blut und Leben weih' ich ihrer Rache!

Verwalter. Gut, aber vergebens!

Franz. Der Friede ist nahe — ich fliege nach Corsica —

Verwalter. Um auf dem Schaffot zu sterben.

Franz. Sie wissen noch nicht —

Verwalter (hastig.) Was weiß ich nicht?

Franz. Daß die braven Corsen aufs neue das Joch abzuschütteln streben?

Verwalter (immer feuriger.) Das Joch abzuschütteln?

Franz. Daß Ludovico Giaffari —

Verwalter. Mein Freund!

Franz. Daß Graf Andreas Erccaldi —

Verwalter. Mein Waffenbruder!

Franz. Sie haben ein furchtbares Heer gesammelt.

Verwalter. Ein Heer?

Franz. Die Genueser geschlagen —

Verwalter. Ohne Pompiljani!

Franz. Wir eilen zu ihnen —

Verwalter (außer sich.) Wir! — ich! — mein Sohn! —

Franz. Ihre Söhne —

Verwalter. Sie wollten —?

Franz. Hier meine Hand!

Verwalter. Du wolltest —

Franz. Ihre Verzeihung verdienen.

Verwalter. Wohlan! wasche deine unedle That mit dem Blute der Genueser aus meinem Gedächtnisse. Auf der Küste von Corsica, nach der ersten blutigen Schlacht, drücke ich dich als Sohn an mein Herz.

Graf. Und dann, wenn Ihre Rache gesättigt ist —

Verwalter. Dann sende ich ihnen unsre wackern Söhne zurück.

Graf. Und sie selbst?

Verwalter. Ich sterbe im Vaterlande.

Ottilie. Fern von Ihren Kindern?

Verwalter. Ich bin ein Corse! ich sterbe im Vaterlande!

(Der Vorhang fällt.)

E n d e.